KB015940

어떤 희망이 절망을 위로했다

박주원 지음

씽크파워
THINK POWER

어떤 희망이
절망을 위로했다

초판 1쇄 인쇄 2014년 2월 28일
초판 1쇄 발행 2014년 3월 3일

지 은 이 박주원
펴 낸 이 심윤희
디 자 인 최종명

펴 낸 곳 씽크파워
출판등록 2005년 10월 21일 제393-2005-15호
주 소 서울 종로구 명륜동 2가 22번지 토가빌딩 5층
전 화 031-501-8033
팩 스 031-501-8043
이 메 일 yun259@hanmail.net

ISBN 979-11-85161-11-2(03810)

♣책값은 뒤표지에 있습니다.

어떤 희망이
절망을 위로했다

Contents 어떤 희망이 절망을 위로했다

좋은 리더를 넘어 사랑받는 리더로

프롤로그

어떤 희망이 절망을 위로했다

나는 4년 전 현직 안산시장으로 있으면서 건설회사 회장과 해직된 운전기사의 다툼이 도화선이 되어 운전기사의 거짓 진술에 의해 구속되었다. 안산시장의 임기 종료는 감옥에서 맞이해야만 했으며 무엇보다 안산 시민들의 자존심에 상처를 입힌 억울함으로 인한 분노는 말할 수 없었다.

감옥 생활을 하면서 무엇보다도 정신적 신체적 자유가 부러웠다. 그러던 중에 옥중에 영치된 안산제일교회 고훈 목사님의 시집 속에서 〈아침햇살〉이라는 시를 읽고 희망을 가슴에 품었다.

〈아침햇살〉

고향 선배는 선천성 전신마비다

바다가 내려다보이는 언덕 위 집에 살았다

스스로는 그 아름다운 바다를 한 번도 볼 수는 없었다

사람이 찾아주지 않으면

하루 종일 골방에서 뒤척거리는 것이 일상의 전부였다

그 선배에게도

하루 중 가장 아름답고 기다리는

만남의 시간의 있었다

그것은 아침햇살이었다

아침햇살은

그 선배에게 사랑이었고 약속이었고

만남이었고 믿음이었고 희망이었다

그리고

그 선배는 아침햇살 있음으로 날마다 행복하다 했다

우리가 헤어진 지 어느덧 40년

그 후 그 선배는 아침햇살 돋는 나라로 갔다

나는 오늘 병상에서 아침햇살을 만난다

창 너머로 도시도

갯벌너머로 바다도 본다.

그럼에도

그 선배처럼 나는 행복하다 고백하지 못한다

그것은 아직도 내가 그 선배처럼

나를 모두 비우지 못한 까닭이다

나는 447일간의 옥고를 치른 후 무고함이 밝혀져 최종 무죄 판결을 받았다. 힘든 시련의 과정 속에서 마음 자세가 얼마나 중요한지를 깨달았다. 시시각각 교묘한 수법으로 조여오는 여러 상황들은 순간적으로 나를 절망의 나락으로 떨어지게 할 수 있었지만 나는 희망을 선택하고 내가 간절히 원하는 것에 희망을 집중했다.

언젠가 올바른 재판으로 누명이 벗겨질 것이라는 확신과 함께 다시금 안산시민들의 품으로 돌아가 못다 이룬 안산 발전을 위한 꿈을 펼치고 싶다는 희망이 나를 견디게 한 힘이었다. 극도의 절망적 상황에서 희망을 가지고, 버텨내야 할 이유 한 가지에 희망의 목표를 집중한 끝에 지금 안산 시민들 앞에 다시금 다가서는 오늘을 맞이하게 되었다.

어떤 희망이 절망을 위로한 것이다.

2014년 3월

저자 박주원

가슴으로 쓴 옥중시

저자 박주원이 안산시장으로 재직 중에 억울한 누명을 쓰고 구속되어 대법원에서 무죄 판결을 받기까지 447일간 감옥살이에서 쓴 옥중시 중에서 발췌한 것이다

감옥 속의 빛

어둠을 뚫고 배식구 사이로

빛이 들어왔다

이 세상 하나밖에 없는 햇살

감옥의 창을 넘어 간신히도 들어왔구나

손바닥도 발바닥도

초췌한 내 얼굴마저 핥아주더니

어느새 쇠창살 밖으로 사라져버린 너

오늘이 가고 아직 오지 않은 내일

또 만날 수 있을까

먹구름 만나면 바람 따라

살포시 왔다가렴

아! 넌 참 자유롭구나

감옥에도 참 자유가 있었네 그려

일광욕

5.16 6:30분이다

이곳 안양교도소에 와서

처음으로 감방의 동녘을 보았다

모락산 정상엔 태양이 떠오르고 있었다

윗도리를 벗고 내 마른 뼈에

햇볕을 쪼였다.

쇠창살 틈사이로 일광욕을 할 때

내 심벌엔 곰팡이가 피어 있었다

나는 오늘 내 젖가슴을 햇빛으로 말렸다

내 야윈 등뼈는 볼 수 없어

돌아서 말려보았다

이내 햇빛은 감방을 빠져나갔다

순간, 이숙영의 FM에서

날씨는 한마디로 눈부숑이라 웃었다

나의 육체는 오늘 눈부숑하며

일광욕을 즐겼다

보랏빛 향기

쇠창살밖엔 라일락 꽃봉오리가 보였다

2층 6방 통풍구 사이로

보랏빛 꽃봉오리 한 송이

숫처녀 가슴으로 눈물 나게 뽕긋하다

라일락 향기 그리운 이 아침

감옥의 벽을 뚫지 못한 그리운 가슴

뽕긋이

수줍은 향기를 머금은 채

뽕긋 서있는 너는 누구냐

나는 너에게 시방

짜디짠 내 눈물을 던져본다

나의 이 눈물로

보랏빛 향기 되어다오

바람의 고독

바람도 막혀있는

고독한 창

주임을 불러본다. 잠시만 창문을 열어주오

밖에서 맛보지 못한 상쾌함도 일순간

이내 창문은 닫히고 만다

운명처럼 그렇게…

바람은 얼마나 고독할까

바람에게 고독이 있다면

홀연히 영혼처럼 따라가고 싶구나

아! 금단의 아침이여

꿩은 세 번 울지 않았다

어디선가

꿩 우는 소리 들렸다

꿩은 세 번 울지 않았다

꿩, 꿩,

두 번 울었다

나는 오늘 꿩을 두 번 썼다

꿩, 꿩 썼다

나는 오늘 꿩과 함께 두 번 울었다

엉, 엉 울었다

꿩, 꿩 울었다

몽정

고요한 달빛 속

교도소

쇠창살에 파고드는

남근

어두운 구석방에서

몽정을 하다 숨이 가쁘다

고장 난 수돗물처럼

내 침낭을 적신다

건강한 아이들이 죽는다

고요한 달빛 속

내 사타구니가

비린내로 울었다

110호 법정

수의를 입고 수갑도 모자라

포승줄 굴비 되어

재판정으로 가는 길

그 길은 짓궂은 운명의 길이었다

춘풍 이른 바람에 앙상한 가지 흔들리고

지하통로

으슥한 콘크리트 동굴을 지나 110호 법정

이내 문이 열리고 그곳엔 사람들이 있었다

보고 싶은 사람들

보기 싫은 사람들

쳐다보고 싶지도 않은 사람들

궁금한 사람들

100년후 쯤 모두 여기에 없는 사람들이었다

또 하루가 지나간다

접견실의 그리움

오늘은 누가 올까
그곳엔 그리움이 있었다

사람이 사람을 기다리는
그리움이 있었다
내일엔 오늘이 과거되고
모레는 내일이 과거 될 텐데

오늘도 접견실엔 사람을 기다리는
사람들이 있었다

그리움이 있었다

접견금지

아버님 흙으로 가시던 날
함박눈 곱게 내리고

무슨 죄 그리 많길래
영어의 몸이 되었나

20일간 접견금지 끝날에
3月의 함박눈은 펑펑 내리는데

표적수사 보복수사 왠 말인가
하나님 만나는 날
접견금지 되면 어떡하랴

1초라도 보고 싶은 나의 어머니, 아! 나의 아버지

아! 아버님 49제 3月이 소멸하고

4月이 왔네 그려

잔등 넘어 호롱불 켜시고 콩 까시던 나의 어머니

지폐 한 장 꼬깃꼬깃 쥐어주려

고추 팔고, 보리 팔던 나의 어머니

아! 나의 아버지

어느 날 느닷없이 찾아온 긴 이별

붉은 카네이션 한번 달아드리지 못한

이 불효자 지켜보실 텐데

내 추억에 묻어난 모싯잎개떡은

너무도 그립습니다

옥수수, 감자 겨울밤 구워먹던 고구마

너무도 아름다운 그림으로 남아있습니다

1초라도 보고 싶은 나의 어머니 아! 나의 아버지

업장소멸하시고

천국에서 행복하소서

나의 어머님!

초가지붕 밑 고추는 쉬 마르지 않고

고추잠자리 하늘 높이 자유롭게 나르던 날

학비 준비하시느라 잠 못 이루시던 그날 밤

밭 메시던 석암마을 언덕 그곳이 그립습니다

사방이 막혀버린

철벽의 담장 안에도

어머님의 그리움은

어머님의 사랑은 아직도 이렇게 녹아내리는데

멍석에 누워 모깃불 연기 피어오르던 그날 밤

어머님! 그 먼 추억이 기억나시는지요

밤하늘 은하수 북두칠성

일곱 개의 별을 헤던 그날 밤이 그립습니다

사랑하는 어머님! 사랑하는 나의 어머님!

지금 당신은 그곳에 함께 누워계십니다

내 고향 언덕에서, 그 초가집을 바라보며

누워계십니다

어머님! 보고 싶은 나의 어머님, 당신은

오늘도 그곳에서 나를 기다리고 계십니다

보고 싶습니다

어머님 계시는 그곳 하늘엔

주님께서도 함께 하시니 행복하시리라

믿습니다

변기통

순간이 모여 억겁이 되는 것을
영원이 되는 것을
해질녘 알게 되었다

용서할 것인가? 용서받을 것인가?
우리는 예수님 안에서 용서 받는 삶을
살고 있을 진데
누가 누구를 용서한다는 말인가

오늘 난
앉으면 되돌아설 수도 없는
좁은 변기통에서 예수님을 보았다

나의 오줌도, 똥도, 빨랫물도,

설거지물도 모두 다 용서하며

받아주는 변기통

하염없이 웃어주는 변기통

지금 막 설거지하다 변기통에

빠져버린 내 밥그릇을 건져 올리며

예수님을 보았네

에덴 밖에서

진정한 용서를 베풀어라

하나님의 은혜가 감방 안에 머물도록

에덴에서 쫓겨나

에덴밖에 세운 감방에까지

홀로 쫓겨 온 세월

고난은 아무에게나 다가오지 않는다고

고난이 다가오면 춤을 추라고

예수님과 함께 춤을 추리라고

오늘도 날마다 죽는 거 같은 시험의

골짜기에서, 에덴 밖에서

예수님을 갈망하네

내 허물을 여호와께 자복하라하여

곧 주께서 내 죄를 사하라 하셨다네

나 이제, 주님 발자욱 따라

내일이 오면 내 영혼의 촛불을 켜리라

오늘도 난 에덴 밖에서

하나님의 계획과 뜻을 보았네.

인간! 神을 체포하다 (부제 : 예수 체포)

하나님 보시기에 심히 좋으셨던

유월절 밝은 달이

베드로, 야고보, 요한도 졸고 있던 그 밤

당신은 겟세마네 돌산에 홀로 엎드리셨습니다

시간은 멈추고

죽음의 그림자 언덕아래 서성일 때

삼나무 종려나무 이슬 맺히고

달빛 검은 눈물로 지구의 밤은

그렇게 흐느끼고 있었습니다.

흐느낌은 죄 되고 깊어가던 그 밤을 흐르고 흐르고

거대한 시계는 아침 없는 밤으로 밤으로

당신의 선한 양심, 빈 무덤으로 가는데

아. 아 33년의 하늘이여! 땅이여!

"인자가 죄인들에게 넘겨질 시간이 되었다"고

말씀하시던 그 밤의 떨림이여!

밧줄의 그림자마저 흐느끼던 그 긴 밤이여!

당신이 손수 씻어주신 발바닥이여!

유다의 발자국 소리여, 암흑이여!

소리에 놀란 풀잎의 이슬이여!…

베드로, 야고보, 요한은 아직도 졸고 있었습니다

오~ 사랑하는 주님

얼마나 외로우셨습니까

일어나 함께 가자 보라

나를 따르는 자가 가까이 왔느니라! (마 26:46)

아~! 유다의 밧줄이 체포의 기별되었을 때

당신은 베드로를 깨우시고

“아직도 자고 있느냐?” 하셨습니다

무리 앞에 나타나시어

“누구를 찾느냐” 물으시메

“나사렛예수”라 하자 “내가 그 사람이다”

말씀하시던 그 밤의 사랑 앞에

선생님? 안녕하십니까!

당신의 야윈 손등에 입맞춤하던

유다의 입술이여, 떨림이여!

기~인 밧줄의 신음이여, 그 통곡의 신호탄이여!

후레자식이여… 암흑이여!

아~ 얼마나 또 환장하셨습니까

얼마나 또 외로우셨습니까

인간은 당신(神)을 그렇게 체포하였습니다

사랑은 이렇게 또 죄 되었습니다

이제, 당신의 밧줄이라면 영원히 묶여도 좋습니다

우리를 다시 체포하여 주소서

주님의 밧줄로 낚아주시옵소서

유다의 입맞춤

선생님! 안녕하십니까

당신의 야윈 손등에

유다의 입맞춤, 신호탄 되어

밧줄은 그렇게 당신을 묶었습니다

주님, 그날 밤

유다의 눈동자를 마주치셨나요

유다의 입맞춤을 느끼셨나요

선생님!

아~ 선생님 소리에 얼마나 또 허허로우셨나요

오! 나의 주님!

당신이 체포되던 그날 밤

유다의 밧줄이

사막의 낙타도, 모래알도 풀들도 일어서 울고 있었습니다

주님, 달빛처럼 내민 당신의 손

왜 그리 야위셨나요?

하나님의 계시

J, 내가 너를 사랑했고

너의 피난처였다

두려워 말라 너 지렁이 같은 J. 이놈아

세상에서 가장 미련한 J. 이놈아

야곱이 에서의 장자권을 빼앗고

형의 축복을 빼앗은 나이가

몇 살인 줄 아니

70, 80세인지라

넌 아직 늦지 않았노라

더 이상 도망가지 말고 나를 따르라

너의 영적 갈망을

이미 내가 알고 있으니

새로 기회를 주리라

아브라함도, 모세도, 엘리야도

야곱처럼, 다윗처럼

모두 내가 그리했느니라

최후 진술을 준비하라!

2011.4.24 부활절 오후

햇살은 눈부시게 구름을 뚫고 있었다

한줄기 빛이 뜨겁게 감방 창살을 타고 들어온다

“최후진술을 준비하라!”

1. 너는 나의 아들 예수그리스도와 함께 무엇을 하였느냐

2. 내가 너에게 준 것들로 너는 무엇을 하였느냐

순간, 내 양심의 심장은 멈추었다

아~ 어쩌란 말인가

오늘이 남은 인생의 첫날이련데, 마지막일 수도 있는데

최후 진술을 준비하라~~ 파도치듯 메아리 되었다

순간

파도는 잠잠하고 그 무엇인가가 나를 끌어안는다

빛 가운데 들어가는 길목은 따뜻했다

신묘막측한 섭리 그것은 우연이 아니었다

내 삶의 계획에 하나님의 계획이 있었음을

나는 오늘 보았다

"원심파기"

2011.5.14 13:40,

30분후, 나의 운명을 노래한다

수갑을 찼다

난생 처음 구치소 독방에 갇혔다

다시 수갑을 찼다

포승줄에 묶였다 풀었다 또 묶였다

뇌물로 묶였다

내 더러운 운명이

어둠속 긴 터널에 갇혔다

기어 나와 1심 법정에 섰다

징역6년! 아~이럴 수가

희망하다 폭탄을 맞았다

다시 기어 나와 2심 법정에 섰다

징역6년!

아~이럴 수는 없는데…

아득한 현기증이 절망하다 핵폭탄을 맞았다

2011.5.13 14:00 대법원1호 법정

원심을 파기한다. 오~ 하나님 이럴 수도 있나요

먼 길을 걸었다

하나님의 삼행시

하나님은 살아계셨다

엘리엘리라마사박다니

엘레엘리 라마사박다니

이 보다 더 초자연적 시네마는 없었다

이 보다 더 극적인 드라마가 어디 있으랴

하늘이여 땅이여! 오~ 세상에

하나님께서 속삭이셨다

나는 이렇게 너를 붙들고 놓지 않는다

너는 피곤하지만 나는 피곤치 않으니

염려 없이 나를 의지하라. 나를 믿어라

2011.5.13 14:00

대한민국 대법원 제1호 법정

주심 대법관 이인복

주의 오른손이 그의 오른손을 붙들고 있었다

사건을 원심 파기한다

하나님의 위대한 판결이었다

재판장 대법관 김능환

재판장 대법관 민일영

재판장 대법관 이홍훈

주심 대법관 이인복

그들은 하나님의 의로운 천사였다

위대한 천사였다

그들은 진정 내가 내 더러운 운명의

길가에서 서성일 때 의로운 천사였다

하나님의 손에 붙들린 수호천사 였다

오늘 새벽 아침

하나님께서 삼행시를 지으셨다

이인복

이! 이 사람이 바로

인! 인자중의 인자요

복! 복중의 복이로다

New Gate로 가는 길

회오리바람 눈썹을 날리고

내 눈엔 연기 피어오를 때

내 눈물은 소금되고 소금되었다

하얀 연기로 하얀 소금 되었다

만세 전부터

땅이 생기기 전부터

나를 세워주신 하나님

깊은 밤 흑암중에

지혜가 소리를 질렀다

하나님을 품으라

하나님을 영화롭게 하라

나는 오늘

쇠사슬을 풀고

도수장을 되돌아 왔다

New Gate로 가는 길

하나님이 기다리고 있었다

꿈꾸는 구치소

내 뜨거운 분노는

피가 되고 붉은 꽃이 되어

안산천에 솟아오르리라

5월의 튤립과 함께 축제하리라

내 뜨거운 진노는

상처받지 않은 청보리 되어

꽃 풍의 언덕을 푸르게 하리라

6월엔 안산을 더 사랑하게 하리라

더 자유하리라

푸른 보리 밭 사이로 안산을 꿈꾸리라

절망을 뛰어넘은 희망

시련을 인정하고 받아들이자

시련이 없는 인생은 없다

만약 나한테 다른 사람들에게 해줄 충고 한 마디를 부탁한다면, 시련을 인생의 한 부분으로 생각하라고 말하고 싶다.
–앤 랜더스(칼럼니스트)–

위대한 사상은 반드시 커다란 시련이라는 밭을 갈아서 이루어진다. 갈지 않고 그냥 둔 밭은 잡초만이 무성할 뿐이다. 사람도 시련을 겪지 않고서는 언제까지나 평범함과 천박함에서 벗어나지 못한다. 모든 시련은 차라리 인생의 벗이다.

–칼 힐티(1833~1909년, 사상가 · 법률가)–

삶이란 행복을 방해하는 것처럼 보이는 시련의 연속인 경우가 잦다. 극도로 힘겹고 나쁘고 추잡한 일들이 일어날 수도 있고, 실제로 일어나기도 한다. 질병, 재난, 사랑하는 사람의 죽음, 가난, 파산, 외로움, 배신, 등등이다.

삶이란 항상 양면성이 존재하면서 평화와 행복, 시련과 역경이 점철된다. 때로는 양지쪽을 걷는가 하면 때로는 음지쪽도 걸어야 하는 여행이다. 배부를 때가 있으면 배고플 때도 있고, 기쁜 일도 있고 슬픈 일도 있고, 좋은 일도 있고 나쁜 일도 있고, 성취할 때도 있고 실패할 때도 있으며, 일어서는 횟수만큼이나 넘어지는 경우도 허다하다.

인생은 등산하는 것과 비슷하다. 평탄한 길을 걸을 때도 있지만 울퉁불퉁한 길, 험난한 길을 걸을 때도 있고 길을 잘못 들 수도 있고, 갑작스런 기후 변화로 예상치 못했던 일을 겪기도 한다. 때로는 가파른 절벽을 맨손으로 기어 올라가야 할 때도 있고 거친 물살을 거슬러 헤엄쳐야 할 때도 있다.

사람의 삶은 직선을 원하나 자연은 곡선이다. 강물과 산맥을 보라. 다 곡선이다. 곡선은 여유와 인정과 운치가 있다. 곡선의 묘미에서 삶의 지혜를 터득할 수 있다.

-법정(1932~2010년, 스님)-

인생이 순풍에 돛단 듯 마냥 순조로울 수만은 없다. 비가 내리지 않는 하늘은 없듯이 시련이 없는 인생은 없다. 사람들은 누구나 뻥 뚤린 고속도로를 달리는 것과 같은 직선의 삶을 원한다. 직선적인 삶이 자신의 꿈을 이루는데 편안하고 효과적이라고 생각한다. 하지만 인생은 아무런 어려움이나 장애도 없이 똑바로 나가는 직선의 삶만이 있는 것이 아니다.

때로는 굽이굽이 시련의 바닥이 깔려있는 언덕길을 올라가야 하는 곡선의 삶도 있다. 아무리 직선적인 삶을 살고 싶어도 직선이 아니라 곡선적인 삶을 살아야 할 때도 있는 것이다. 때때로 인생은 견디기 어려운 시련들로 방향을 틀어 곡선적인 삶을 살도록 강요한다.

인생은 놀라움의 연속이다. 삶에 절대적인 안전은 없다. 삶의 폭풍우인 시련은 전혀 예상하지 못한 순간에 갑자기 몰아칠 수 있다. 어떤 때에는 삶에 폭풍이 불 것을 예견하면서도 그저 속수무책으로 기다리는 수밖에 없는 경우도 있다. 삶에 있어서도 날씨처럼 부드러운 산들바람이 졸지에 토네이도로 바뀔 수도 있고, 폭설이 내릴 수도 있고 비가 너무 많이 와서 홍수가 날 수 있고, 오랜 기간 비가 오지 않는 바람에 가뭄이 올 수도 있다.

삶은 시련의 연속이다. 시련은 자신과 상관없는 일이라고 여겨서는 안 된다. 시련은 거부하든 말든 찾아온다. 아무리 조심하고 노력해도 누구나 살면서 맞닥뜨리는 시련을 피해갈 수 없다.

자신을 괴롭히는 시련이 닥치지 않기를 바라고 기도하겠지만, 시련이 올 수 있다는 것을 예상하면서 살아야 한다. 시련 극복은 시련이 오리라는 것을 아는 데에서부터 시작된다. 삶의 폭풍을 이겨내기 위해서는 먼저 삶에는 변덕스런 날씨와 같은 시련의 폭풍이 부는 때가 있으며 겪어야 할 일이라는 것을 인정해야 한다. 이 사실을 망각하면 시련의 파고를 무방비 상태로 맞게 된다.

시련이 불청객처럼 찾아오면 '나는 정말 선하게 살았는데 왜 하필 나에게 이토록 심한 시련을 주는 것인가' '왜 전지전능한 신은 축복을 받아 마땅한 사람에게 시련을 겪도록 하는 것인가' 하고 원망하는 경우도 있을 것이다.

이것은 맞닥뜨린 시련에 대한 올바른 대처 방법이 아니다. '어떻게 하면 이 시련을 극복할 수 있겠는가' 하고 적극적으로 생각해야 한다. '왜?'라는 불평불만이 아니라 '어떻게 하면?'이라는 '문제해결형 사고'로 대처해야 한다.

시련은 한 번 오고 마는 것이 아니다. 지나갔다 싶으면 또 다가오고, 끝났다 싶으면 또 시작될 수 있다. 시련은 인생의 벗이다. 살아가면서 겪기 마련인 온갖 시련들을 인생의 한 부분으로 생각하고 받아들여야 한다.

신은 당신에게 내렸던 축복을 거두고 시련을 안길 때 그것은 신이 은혜와 축복만 내리는 대상이 아님을 이해시키기 위해서라고 생각해야 한다. 또한 신은 시련의 극복을 통해 살아가는 기쁨이나 승리감을 맛보게 하기 위해 일부러 고통을 준다고 여겨야 한다.

하지만 시련의 과정에서 겪는 고통이 아무리 심할지라도, 신은 감당할만하고 견딜만한 정도로 안긴다. 신이 당신의 능력과 인내를 시험하기 위해 주어진 것이라고 여기고, 극복할 의지를 더욱 굳게 다져야 한다.

신은 시련을 견디는 당신 영혼의 한계를 알고 있으며, 결코 그 선을 넘어서지 않는다. 당신이 성급해서 참고 견디지 못할 뿐이지 신은 결코 부축이나 도움의 손길을 늦추기 않는다. 그러므로 아무리 힘든 시련의 고통에 헤매더라고 '신이 나를 저버렸어'라고 생각해서는 안 된다. 신은 당신이 시련의 한계 상황에 다다르기 전에 은혜를 베풀 것이다. 더 나아가 당신이 시련을 극복하고도 남을 만큼의 은혜를 베풀 것이라고 믿어야 한다.

삶의 폭풍이 강타하면 그 위력과 사나움을 겪으면서 최선을 다해 이겨내야 한다. 시련이 닥치면 자책해서는 안 되며 우선 상황을 있는 그대로 받아들여야 한다. 시련의 상황을 냉정하게 파악하고 극복할 준비를 해야 한다.

시련을 당한 사람들을 대상으로 재미있는 조사를 했다. 병든 사람들, 사업에 실패한 사람들, 또 사회적으로 어려움을 당한 사람들, 위기를 당한 사람들 등 이와 같은 시련을 당한 사람들의 85%가 결국 시련이 축복이 됐다는 결론을 얻게 되었다. 시련을 슬기롭게 극복함으로써 인생이 새롭게 변화하고, 발전하고, 성장할 수 있다는 것을 잘 보여주고 있다.

-에릭 린드맨(정신과 의사)-

인생을 살아가는데 쭉 뻗은 직선의 신작로만 있다면, 모든 것이 늘 똑같기만 하다면 삶에 다양함도 동기부여도 조화도 있을 턱이 없다. 삶을 여행하는 동안 어떤 시련도 겪지 않는다면, 재산이든 명예든 아니면 다른 어떤 것이든 간에 그다지 소중해 보이지 않을 것이다.

커피에는 쓴맛이 있다. 커피에 쓴맛이 없으면 커피가 아니다. 특히 이태리 사람들이 즐겨 마시는 에스프레소 커피는 원액을 뽑은 것으로 쓴맛의 농도가 굉장히 진한 것이다. 바로 그 쓴맛이 달콤함과 깔끔한 뒷맛을 남긴다고 한다. 삶도

다를 바가 없다. 삶에서 시련이라는 쓴맛의 과정이 없으면 그 뒤에 오는 달콤하고 오묘한 행복의 뒷맛을 느낄 수가 없을 것이다.

밤의 어둠이 있어야만 별을 볼 수 있고, 넘어짐이 있기에 일어남이 있고, 굶주려 보아야 풍요로움에 대해 감사하고, 악이 있기에 선을 칭송하고, 죽음이 있기에 삶이 빛나듯이 말이다. 시련으로 뒤틀린 절망의 시간을 견디어 극복하고 나면 '아, 그때가 내 인생의 절정이었구나' 하고 깨닫게 될 것이다.

꽃밭을 걸을 때 아름다운 꽃송이만 바라보기 쉽다. 하지만 아름다운 꽃 한 송이가 피기까지 바람에 흔들리고 비에 젖으며 밤새내린 차갑고 모진 무서리를 견딘 것을 생각해야 한다. 삶도 흔들리고 젖으며 견디면서 꿈을 일궈가는 것이다.

꿈을 이룬 사람들의 웃음 띤 얼굴에 새겨진 주름살에 숨어 있는 땀과 눈물의 흔적을 간과해서는 안 된다. 그 사람들이 편안하게 그 자리에 오른 것처럼 착각하기 쉽지만, 그렇게 되기까지 수많은 시련을 겪은 것이다. 하지만 또다시 그들에게 시련이 닥쳐올 수 있으며 어쩌면 남모를 시련을 겪고 있을 수도 있다.

삶의 과정에서 겪는 시련은 삶에 다양성을 불어넣어주고 동기를 부여하고 조화롭게 해 주는 것이라고 여겨야 한다. 시련은 축복의 통로이다.

시련은 인생을 깊이 있게 한다

외적으로 어려운 때일수록 내적으로는 더 심화되고 '마음의 문'이 열려서 인생을 더 깊이 볼 수 있습니다. 지금이 만약 시련의 때라면 오히려 우리 자신을 보다 성장시킬 기회가 주어졌다고 생각하세요. -김수환(1922~2009년, 추기경)-

쉽고 편안한 환경에선 강한 인간이 만들어지지 않는다. 시련과 고통을 통해서 인간의 정신은 단련되고 어떤 일을 판단할 수 있는 통찰력이 길러지고 일에 대한 영감이 떠오른다. -헬렌 켈러(1880~1968년, 사회복지사)-

시련은 잠자던 용기와 지혜를 깨운다. 사실, 시련은 우리에게 없던 용기와 지혜를 창조해 내기도 한다. 우리는 오직 시련을 통해 정신적으로나 영적으로 성숙할 수 있다.

–스코트 펙 (정신과 의사)–

인생은 평화와 행복만으로 살 수는 없으며 때로는 시련의 연속이다. 만약 인생이 항상 수월하고 편하기만 하고 언제나 쉽게만 풀린다면 시련을 극복하는 과정에서 얻을 수 있는 발전할 수 있는 기회도 줄어든다. 무언가를 배우거나 변화할 필요도 느끼지 못할 것이다. 그러므로 인생을 살아가는 동안 때때로 시련을 통해 힘들게 노력해야 한다는 사실을 감사하게 생각할 수 있어야 한다.

시련에서 삶의 지혜가 생긴다. 지혜는 삶의 과정을 체험하면서 안으로 가꾸어진 열매다. 시련이라는 삶의 폭풍에 부딪히고 깨지고 산산조각나면서 사람은 깊이 영글고 익어간다. 시련은 영적, 감정적 성장에 큰 밑거름이 된다.

시련은 사람을 겸손하게 하고 지혜롭고 강하게 만든다. 시련이 닥치면 자신을 되돌아보게 되어 겸손하게 만들고 주변 상황을 냉정하게 판단하고 이해하게 해 주며, 자신이 할 수 있는 일에 몰두하게 한다.

일부 식물은 으깨면 달콤한 향기가 풍기는 것처럼, 시련의 효과는 참으로 감미롭다. 시련은 잠재력을 일깨우고 감춰져 있던 재능을 발현시킨다. 시련에 직면했을 때 빛을 발하고 향기를 내뿜어야 한다.

시련은 사람의 진가를 알 수 있는 시금석이다. 시련은 짓밟힘을 당하고 윤이 나는 자갈이 되는 것과 같다. 파도처럼 시련이 거세게 밀려오면서 드러나는 지혜를 발휘하여 시련을 피하거나 줄이거나 맞서야 한다.

시련은 약한 것에 강하게 되고 두려운 것에 용감하게 맞서고 지혜로 혼란을 극복하라고 가르친다. 시련을 단련의 기회라고 받아들이며 기꺼이 참아내야 한다.

시련이 닥치면 행복했던 시절에 대한 아쉬운 미련이 생기기 마련이다. 그 아쉬운 미련을 마음에서 걷어치우고 지혜로 채워 넣어야 한다. 지금 시련에 처해 있다면 지혜로워질 수 있는 기회를 얻었다고 생각해라. 지혜로움을 주기 위해 시련이 찾아왔다고 생각한다면 마음에 여유가 생길 것이다.

시련은 삶의 여정에서의 경험이며, 이 경험은 지혜로 발전될 수 있다. 이 지혜를 발휘하여 시련을 극복하면 달콤한 솜사탕 같은 행복이 기다리고 있다.

시련을 통해서 가능한 모든 지혜를 얻어야 한다. 시련은 미래를 더욱 알차게 만들기 위해서 무엇이 필요한가를 알려주는 고마운 존재로 받아들여야 한다. 시련으로부터 지혜의 핵심을 얻게 된다면 이는 삶의 커다란 이정표가 될 것이다.

삶의 투쟁과 전쟁 속에서 이기고 있을 때는 싸우기가 쉽다. 성공의 해가 떠오르기 시작할 때는 노예처럼 일하는 것도, 굶주리는 것도, 용기를 내는 것도 쉽다. 그러나 슬픔과 패배를 마주할 수 있는 사람에게는 여기 신이 선택한 사람을 위한 갈채가 주어진다. 천국에서의 승리를 위해 싸우는 사람의 높은 자리는 자신이 패배하고 있을 때도 싸울 수 있는 사람의 것이다. -R.W. 세르비스(시인)-

시련은 당신의 벗이다. 폭풍이 오기 전에 단련되고 준비되어 있다면, 당신은 폭풍의 시기를 고마워해야 한다. 우리의 체질은 뜨겁게 활활 타오르는 가혹한 시련 속에서 단련된다.
-짐 콜린스(경영 컨설턴트)-

시련은 위대한 교사다. 시련은 마음을 단련시킨다.
-윌리엄 해즐리(심리학자)-

시련이 닥치면 사람은 변한다. 방향을 잃고 헤매는 사람도 있고 오히려 더 굳건한 자세를 취하는 사람도 있다. 시련이 닥치면 어찌 살아가야 할지 너무 막막해서 울어도 울부짖어도 소용없고 때로는 죽고 싶은 심정이 들기도 할 것이다. 그러나 강인한 의지로 버티고 견뎌나가면 흘렸던 눈물은 아름다운 무지개로 바뀌고 새로운 길이 보일 것이다.

강인함이란 삶의 폭풍에 용감하게 맞서는 것이며 사방이 캄캄한 절망으로 둘러싸여 있다 하더라도 계속해서 해결책을 찾는다는 뜻이다.

삶의 폭풍이 몰고 오는 불안과 고통을 견뎌낸다는 것이 결코 쉬운 일은 아니다. 시련이라는 삶의 폭풍에 맞닥뜨려 비탄의 구렁텅이에 빠져 슬픔과 고통을 느끼고 힘들어서 지쳐 있더라도 견뎌야 한다.

인생 여정에서 시련의 폭풍이 불어 닥치면 그것으로부터 강인함을 배울 기회를 얻게 되어 있다. 하지만 그것은 그냥 얻어지는 것이 아니라 어려운 현실에 잘 대처하는 담금질을 통해서 얻을 수 있는 보상이다. 그 과정에서 느끼는 실망이나 슬픔, 비탄과 같은 감정을 거부하지 않고 받아들여야 한다. 이와 같은 감정을 환영할 수야 없겠지만 받아들이는 것이 시련의 상황을 극복하는 과정의 일부라고 생각해야 한다.

시련을 통해 우리는 더 강해질 수 있다. 강인함은 노력과 고통의 산물이다. 노력이란 폭풍에 대항해서 견디는 것이고, 고통이란 폭풍을 견뎌내는 과정에서 느끼는 것으로 강인함도 그때 함께 온다. 시련이라는 삶의 폭풍을 통해 얻은 강인함은 다시 폭풍이 불어 닥칠 때에도 그 위력을 발휘한다.

보리는 밟을수록 더 새파래진다. 아무리 괴롭고 힘들고 비통하기 그지없더라도 어떻게 대처하느냐에 따라 현재의 상황은 얼마든지 달라질 수 있다. 절망에서 다시 새롭게 일어날 용기를 지닌 사람은 결코 좌절하지 않는다. 최선을 다해 용감하게 맞서 다시 새롭게 일어나야 한다.

삶에 항상 밝은 태양이 내리비치는 건 아니다. 비가 내리지 않는 하늘이 없듯이 삶이란 그런 것이다. 비는 전혀 오지 않고 태양만 내리쬔다면 땅은 사막으로 변할 것이다. 지속적 평안보다는 때로는 시련이 사람을 강하게 하고 도약하는 계기를 만든다.

삶의 폭풍이 자신을 강해질 수 있도록 깨우쳐 주거나 상기시켜 줄 것이다. 폭풍이 부는 것은 쓰러뜨리기 위해서가 아니라, 좀 더 강인해지도록 만들기 위함이라고 여기고 맞서나가야 한다.

시련을 부담이나 핸디캡으로 여기지 말고 오히려 도전과 기회로 바라보아야 한다. 모든 문제와 어려움은 그만큼의 기회나 더욱 큰 혜택과 닿아있다. 기회들은 문제나 시련 등으로 가장하고 나타나는 일이 더 많다. 그러므로 시련의 상황에 대해 냉정하게 파악하고 극복할 수 있는 능력과 자신감을 키우면 뜻밖의 놀라운 기회들이 기다리고 있을 것이다.

러시아 속담에 '유리는 해머에 깨뜨려지지만 강철은 더욱 단단해진다'는 말이 있다. 연약한 이미지를 가지고 있다면 인생의 해머에 의해 산산조각 나겠지만 강철과 같은 단단한 신념을 가지고 있다면 시련과 실패를 당할수록 더욱 강해질 수 있다.

시련을 겪어야 강하게 된다는 것이 얼마나 숭고한 것인가를 알라. 인내할 수 있는 사람은, 그가 바라는 것은 무엇이든지 손에 넣을 수가 있다. 겨울의 추위가 심한 해일수록 봄의 나뭇잎은 훨씬 푸르다. 사람도 시련에 단련되지 않고서는 큰 인물이 될 수 없다.

–벤자민 프랭클린(1706~1790년, 정치가 · 과학자)

16세기 일본의 막부 중의 한 왕이 신하로부터 질문을 받았다.

"폐하께서는 어떤 사람이 유능한 사람이라고 생각하십니까?"

"유능한 사람은 아카시 해안의 굴과 같은 사람이오. 아카시 해안은 폭풍우와 거센 파도가 가장 심한 곳이오. 폭풍우와 거센 파도가 서식하고 있는 굴을 계속 때리지만 그 곳에서 가장 맛이 좋은 굴이 생산되고 있소. 역사적으로 유능한 사람은 온갖 시련을 딛고 탄생했소."

사람도 시련에 의한 고통으로 단련되지 않고서는 큰 인물이 될 수 없다.

포도의 품종은 8,000여종이나 포도주를 만들 수 있는 품종은 80~100종이다. 그 중에서도 최상의 포도주를 만드는 포도는 프랑스 부르고뉴 지역에서 재배하는 피노 누아라는 품종이다. 부르고뉴 지역은 겨울에는 기온이 몹시 낮아 빙결기가 잦으며 여름에는 고온인 대륙성 기후이다. 또한 재배 지역은 구릉으로 이루어져 있으며 석회질의 토양이다. 이와 같은 생육 조건이 힘든 지역에서 자란 이 품종이 최상의 당도를 자랑하면서 포도주의 오묘한 맛을 내는 것이다.

기후와 토질이 좋은 땅에 자란 포도나무에서 열리는 포도는 탐스럽기는 하지만 품질은 떨어진다. 왜냐하면 생육 조건이 좋다보니 뿌리를 깊이 내리지 않아 땅 표면의 오염된 물을 흡수할 뿐만 아니라 기후에 단련되지 않아 맛이 밋밋하기 때문이다. 하지만 척박한 기후와 토질에 자란 포도나무는 생장을 하기 위해 땅속 깊숙이 뿌리를 내려 맑은 물을 흡수하고 변화하는 기후에 단련되어 좋은 품질의 포도가 열리는 것이다.

소나무 중에서 제일은 나이테가 좁으며 붉은 적송이다. 나이테가 넓으면 쉽게 자란 나무여서 무르고 쉽게 터진다. 험한 환경에서 자라야 적송처럼 나이테가 좁고 단단하다. 비바람은 나무를 강한 재목으로 만들어주는 영양소이다. 비바람을 통과한 나무가 쓸모 있는 단단한 나무가 되는 것처럼 사람도 시련에 단련된 후에야 비로소 제값을 한다.

엄마 매화나무가 어린 매화나무에게 말했다.

"아가야, 이제 너도 알 거다. 우리가 왜 겨울바람을 참고 견뎌야 했는지를. 우리 매화나무들은 살을 에는 겨울바람을 이겨내어야만 향기로운 꽃을 피울 수 있단다. 네가 만일 겨울을 견디지 못했다면 넌 향기 없는 꽃이 되고 말았을 거야. 꽃에 향기가 없다는 것은 곧 죽음과 마찬가지야."

바람이 거세어도 머지않아 꽃은 피어나고, 살이 에이고 아파도 얼마 후 꽃향기는 깊어져 멀리 퍼져나간다.

계절에 겨울이 있듯이 인생에도 추운 겨울이 있다. 매서운 겨울바람이 불 때는 떨거나 움츠리지 말아야 한다. 겨울 추위가 심한 다음에 오는 봄의 잎이 생생한 푸른빛이듯이 인생에도 시련의 기간이 지나면 은총의 시간이 오기 마련이다.

지나가리라

슬픔이 그대의 삶으로 밀려와 마음을 흔들고 소중한 것들을 쓸어가 버릴 때면 그대 가슴에 대고 가만히 말하라. '이것 또한 지나가리라.' -랜터 윌슨 스미스(시인)-

계절에 따라 생명이 샘솟는 땅을 보며 자랐지. 추운 겨울 꽁꽁 얼었던 땅도 봄이 오면 어머니의 젖가슴처럼 보드랍게 변하거든. 인생도 그런 것이야. 끝나지 않을 것 같은 절망의 터널도 언젠가는 빛을 보게 돼 있거든. 따라서 지금 상황이 좋지 않다고 결코 절망할 필요가 없어.

-레프 톨스토이(1828~1910년, 소설가)-

참으십시오. 고통에는 끝이 있습니다. -김수환 추기경-

시련은 동굴이 아니라 터널이다. 언젠가는 끝이 있고 나가는 출구가 있다. 어떤 어려운 상황도 자세히 들여다보면 빠져나가는 출구가 있게 마련이다. 터널의 끝에는 빛이 있듯이 시련의 긴 터널을 지나고 나면 희망과 행복이 기다리고 있다. 출구가 있는지도 모른 채 절망하거나, 출구의 안쪽에서 서성이다 포기하지 말고, 출구를 박차고 나아가야 한다.

깜깜한 어두운 밤에는 어둠이 끝이 없어 보일 수가 있지만 시간이 지나 아침이 되면 그 어두움은 말끔히 사라지고 밝은 햇빛이 비추고, 또다시 저녁이 되면 어둠이 내려앉는다. 이 세상이 어둠이나 밝음만으로 존재하는 곳이 아니듯이 삶의 모든 것은 한시적임을 깨달아야 한다. 삶에서의 시련이 시련으로만 머물지 않고, 또한 행복도 영원할 수 없는 것이다.

삶의 가치를 새로운 눈으로 바라보아야 한다. 삶의 본질은 시련과 행복의 순환이다. 오르막이 있으면 내리막이 있는 법이고, 내리는 비는 언젠가 그치기 마련이다. 지금 시련에 처해 있다면 언젠가는 행복의 순간을 맞이하게 될 것이다. 시련이 찾아오면 이제 나에게도 행복이 주어졌다는 생각을 할 수 있어야 한다.

삶에 안개가 끼어있어도 허둥대지 말아야 한다. 안개 속에서도 정신만 바짝 차리면 방향을 잡고 길을 찾아 앞으로 나아갈 수 있다. 하지만 안개에 지레 겁을 먹고 허둥지둥된다면 한 발짝도 나아갈 수 없을 것이다.

때로는 삶에 끼어있는 안개를 장막 한 겹에 불과하다고 생각하고 대범한 자세를 취해야 한다. 그러면 그 안개의 구덩이에 몸을 맡기지 않고, 안개보다 몸을 높이 끌어올려 조금만 버티면 벗어나거나 안개는 걷히거나 지나가고 말 것이다.

세찬 폭풍이 불어올 때, 삶의 폭풍인 시련을 떠올리면서 마주하는 법을 배울 수 있다. 폭풍을 막을 수 없듯이 시련이 닥쳐오는 것도 막을 수 없다. 폭풍이 재해를 몰고 오지만 자연을 정화시키듯이, 시련도 고통을 수반하지만 새롭게 시작하는 계기가 될 수 있다.

폭풍은 지나가게 되어있으며 사나울수록 빨리 지나가듯이 시련도 마찬가지다. 때로는 시련이 바람처럼 지나갈 것이라고 믿고 견디려고 너무 애쓰거나 버티려고 안간힘을 쓰지 말고 거센 비바람을 맞고 있는 나무처럼 그냥 상황이 흘러가는 대로 놓아둘 필요가 있을 때도 있다.

시련에 처해 있다고 하더라도 절망해서는 안 된다. 머리와 마음과 행동으로 기꺼이 감내해야 한다. 그러면 언젠가는 앞을 가로막고 짓누르던 시련은 지나가면서 사라질 것이다.

마음을 편안하게 먹고 내려놓자

걱정하지 마라

인간의 모든 문제는 조용히 앉아 있는 법을 모르는 데서 온다.
-파스칼((1623~1662년, 사상가 · 수학자)-

여러분은 나의 비법을 알고 싶습니까? 이것이 나의 비법입니다. 나는 무슨 일이 일어나든 걱정하지 않습니다.
-지두 크리슈나무르티(1895~1986년, 영적 지도자)-

걱정하는 것은 인간 본능이다. 삶은 크고 작은 문제들로 가득 차 있다. 인생은 끝없는 문제의 연속이다. 인간의 마음은 여러 문제들에 대해 걱정을 내려놓지 못한다. 아니 그보다는 내려놓으려 하지 않는다. 자칫하면 그런 문제들이 마음과 생각을 점령해 버리고 만다. 문제에 대해 생각하는 시간이 많을수록 더욱 부정적인 태도를 갖게 된다.

생각 속에서 상황을 내려놓지도, 또 내려놓으려고도 하지 않으면서 마음속에 점점 더 많은 걱정거리를 쌓아간다. 마음속에 항상 걱정의 짐을 짊어지고 다니는 것이다. 걱정을 달고 다니면 쉴 수도, 숙면을 취할 수도 없게 된다. 특히 시련이 닥쳤을 때 걱정하는 것은 심신을 약화시킬 뿐만 아니라 진취적 사고를 막는다.

《시크릿》이란 책을 보면 인력의 법칙에 따라 걱정을 하면 걱정하는 대상을 불러들이게 된다. 자신이 오랜 시간 동안 걱정한 대상이 자신의 인생에 들어오게 되는 것이다. 그렇게 되면 일어나지 말았으면 하고 걱정한 것이 현실로 나타나는 경우가 많다.

부정적인 생각으로 인한 걱정의 짐을 덜어야 한다. 바라지 않는 것들에 골몰하지 말아야 한다. 문제가 생길 때마다 자신이 지금 이 순간 간절히 바라는 것을 스스로에게 물어봄으로써 부정적인 생각을 무력화시켜야 한다. 자신이 바라는 것들만 생각하고, 말하고, 상상해야 한다.

해결될 문제라면 걱정할 필요가 없고, 해결이 안 될 문제라면 걱정해도 소용없다. -티베트 격언-

어떤 것이 문제라면, 거기에는 반드시 해결책이 있기 마련이다. 우리는 삶에서 해결책이 없는, 따라서 문제라고 할 수도 없는 일들을 걱정하느라 얼마나 많은 시간을 허비하는지 모른다. 다른 것들과 연관 지어서 복잡하게 생각하지 말고 닥친 일 중에서 해결할 수 있는 일에 국한해서만 생각해야 한다.

삶에서, 특히 시련에 부닥쳤을 때 걱정이 없을 수 없지만 지나친 걱정은 백해무익이다. 그러니 시련이 닥쳤을 때 지나친 걱정을 하지 말아야 한다. 지나친 걱정이 더 큰 걱정을 낳고 불행을 부른다. 지나친 걱정은 자신을 불행의 열차에 올려 태우는 격으로 걱정을 하면 할수록 그 불행열차의 속도도

빨라지게 된다.

나는 모든 힘을 다하여 행하노라. 절망 속에 말라죽지 않기 위하여. —데니슨(시인)—

걱정은 해결할 생각이 없을 때 나타나는 현상일 수도 있다. 걱정만 하고 아무런 노력을 기울이지 않는 것은 인생의 낭비다. 해결책에 마음을 쏟느라 여념이 없어야 한다. 그래서 다른 잡념이 생길 틈을 주지 말아야 한다. 근심걱정에 대한 유일한 현실적 처방은 꾸준하고 멈추지 않는 행동이다. 의지를 가지고 모든 힘을 다해 행동할 때 의식 전체가 이루고자 하는 결과 쪽으로 궤도를 잡으면서 근심걱정은 사라진다.

문제가 발생하면 해결책을 생각하도록 습관을 들여야 한다. 문제를 마음속에서 곱씹고 되새김질하면서 "이렇게 할 수 있었는데…" "저렇게 해야 했는데…" 하면서 후회와 탄식을 하고 자책할게 아니라 지금 이 순간 문제 해결을 위해 무엇을 해야 할지와 자신이 무엇을 할 수 있는지를 생각해야 한다.

시련이 닥쳤을 때 어떻게 하면 걱정을 줄일 수 있을까? 다음 방법을 반복하고 또 반복해 보자.

첫째, 시련의 상황이 발생하면, 일어날 수 있는 최악의 결과를 따져본다. 그 최악의 결과가 일어날 수 없는 것이라고 무시해 버리면 계속해서 머리에 떠오르지는 않을 것이다.

두 번째는 최악의 결과가 나타나지 않도록 방법을 강구하는 것이다. 아무리 힘겨운 상황에서라도 일어날 수 있는 최악의 경우를 따져보고 나면, 걱정이 조금씩 사라지기 시작하면서 마음이 가라앉고 명료해진다. 걱정으로 전전긍긍하는 대신에 열정에 불타서 문제 해결에 매진하게 될 것이다.

세 번째로 해결책에 몰입해야한다. 몰입이란 어떤 행위에 깊게 빠져들어 시간의 흐름이나 공간, 더 나아가서는 자신에 대한 생각까지 잊어버릴 때를 일컫는 심리적 상태를 의미한다. 몰입의 자세로 걱정이 생길 틈을 주지 않으면서 문제 해결을 위해 행동하는 것이다.

마음의 평정을 유지하라

세상에는 내가 겪고 있는 시련을 치유해줄 사람이 아무도 없다. 그림자를 내 몸이 만드는 것과 같이 시련도 내 마음이 만드는 것이다. 따라서 내 마음만이 시련을 치료할 수 있을 뿐이다. 마음을 평화롭게 가져라.

-쇼펜하우어(1788~1860년, 철학자)-

삶에는 곳곳에 시련이란 지뢰가 숨어 있다. 삶에 구름이 몰려오고 폭풍이 몰아치면 마음의 평정을 유지하기가 쉽지 않다. 시련에서 인내하지 못하고 혼란에 빠지면 평정심을 잃기 쉽다. 하지만 평정심을 유지해야 시련의 상황을 객관적으로 볼 수 있다.

현실적이고 객관적인 감각으로 상황을 볼 수 있어야 한다. 마음이 가라앉기 전에는 결코 행동을 취해서는 안 된다. 두려움은 지나치게 수비적인 행동을, 분노와 초조함은 경솔한 행동을, 자만은 도가 지나친 행동을 유발한다.

평정심은 시련 극복을 위한 필수덕목이다. 시련에 동요하지 말고 평정을 유지해야 한다. 시련의 상황에서 마음이 안정을 잃거나 어지러워지면 안 된다. 지금 아무리 가혹한 시련과 마주하고 있다고 하더라도 마음 다스리기를 잘해서 평정을 유지해야 한다.

시련의 상황에서 마음의 평정을 유지하기 위해서는 인생 전체의 시각으로 보아야 한다. 마주한 시련을 단편적이 아니라 전체적으로 바라보아야 한다. 그렇게 되면 시련은 심각한 것이 아니라 삶의 한 과정임을 깨닫게 된다.

신경을 써서 마음을 잘 다스리고 보살펴 평정을 유지하면서 시련 극복에 나서는 것이 행복하고 즐거운 삶을 영위하는 비결이다.

때때로 마음을 내려놓고 무엇에 얽매이지 말고 흐르는 대로 그대로 놓아두라.

과거와 집착하지 말고 잊어라

자신이 과거의 희생자라고 생각하는 사람들이 많다. 이들은 지나간 사건을 가리키면서 "그것 때문에 자기가 이렇게 됐다"고 말한다. 진정 중요한 문제는 지금 뭘 하려고 하는가 하는 점이다. 지금 뭘 선택하는가 하는 점이다. 계속 과거에 집중하든 혹은 앞으로 원하는 일에 집중하든, 자신의 선택이기 때문이다. 자신이 원하는 일에 집중하기 시작할 때, 원치 않은 일은 저절로 멀어지고 원하는 일이 다가오기 마련이다.
–잭 캔필드(성공 컨설턴트)–

과거나 환상 혹은 부수적인 것에 집착하는 한 새로운 것이 들어설 자리는 없다. 놓아줌은 자신에 대한 사랑을 의미한다. 놓아준다는 것은 당신이 기다리는 은총이 올 수 있도록 자신과 인생에 자유를 주는 것이기 때문이다.
–뤼디거 샤헤(정신연구가)–

과거의 거미줄에 사로잡혀서는 안 된다. 과거로부터 해방되어야 한다. 과거는 이미 죽었다. 과거는 고칠 수 없다. 무슨 수단과 방법을 동원하더라도 과거에 일어난 일을 되돌리거나 뜯어고칠 수는 없다. 그러므로 과거와 결별해야 한다.

중요한 것은 지금 여기서 어디로 갈 것이냐다.

과거에 영광스런 일이 있었든 불행한 일이 있었든, 어떤 종류의 무슨 일이 있었던지 다 내려놓고 잊어버려야 한다. 지난 일에 대해 후회하거나 아쉬워하거나 그리워하거나 누군가를 탓하거나 분노를 품으면 스스로 상처를 받을 뿐이다. 자신을 위한 삶을 창조할 수 있는 사람은 오직 자신밖에 없다. 자신을 위해 내려놓고 잊어버려야 한다.

과거는 과거일 뿐이다. 과거의 방에서 머물거나 헤매어서는 안 된다. 만약 과거를 뒤돌아보는데 집착하고 있다면, 나중에서야 그때 왜 그런 쓸데없는 생각을 하며 소중한 시간을 낭비했는지 후회하게 될 것이다. 과거에 집착해서 현재에 충실하지 못하면 안 된다. 지난 일은 지난 일일 뿐이라고 훌훌 털어버리고 항상 새로운 마음으로 살아나가야 한다.

과거는 통제할 수 없다. 바꿀 수 없는 과거에 집착해서는 안 된다. 바꿀 수 없는 것을 바꾸려 하거나 후회할 시간에 행동하는 것이 진정으로 바른 방법이다. 지금 일어나고 있는 일들에 집중해야 한다. 인생은 과거가 아닌 현재에 있다. 과거가 아닌 바로 지금 이 순간의 현재를 살아야 한다.

과거를 떨쳐버리기는 어렵다. 하지만 과거를 바꿀 수는 없으므로 떨쳐버려야 한다. 과거를 그리워하거나 원망하지 말고 잊어야한다. 잊는다는 것은 거울에서 먼지를 말끔히 털어내는 것과 같다.

과거를 붙잡고 과거에 얽매여 상처받고 아파해서는 안 된다. 과거는 이미 지나가 버린 것이다. 과거는 다시 오지 않으며 기억해 낼 때만 존재하는 것이다. 과거의 영향은 과거가 아니라 기억해 내는 지금 현재이다. 과거에 매달려 있는 한 현재에 삶의 동력을 발휘하기는 어렵다.

인생 여정에서 과거에 대한 집착을 해서는 안 된다. 지나간 영광이나 후회, 오래된 죄책감, 해묵은 원망을 되씹으면 현재의 문은 열리지 않는다. 과거가 현재의 발목을 잡아서는 안 된다. 과거가 현재를 가두는 감옥이어서는 안 된다. 묵은 과거의 수렁에 갇혀 새날을 등지지 말아야 한다.

잊는다는 것은 인생의 아름다운 지우개이다. 이 지우개로 죽은 과거와 상처와 허물을 지우면 마음이 새하얀 캔버스가 된다. 이 새하얀 캔버스에 자신의 현재의 생각들을 그려나가야 한다.

지금 이 순간이 정말 소중하다

지금 이 순간 당신이 하고 있는 일 외에 진정으로 중요한 것은 아무것도 없다. 지금 이 순간부터 당신은 전적으로 다른 사람이 될 수 있다. 모든 생각과 행동이 활달하고 긍정적이며, 어떤 일이든 즉시 처리할 준비가 된 이해가 깊고 사랑이 넘치는 사람이 될 수 있다. -에일린 캐디-

경험한 모든 일, 지나 간 모든 순간은 바로 '지금'을 위한 준비였다. 지금 당신이 아는 지식으로 오늘부터 무엇을 할 수 있을 지 상상해 보라. 이제 당신은 자신이 운명을 만드는 창조자임을 알았다. 그러면 이제 얼마나 더 많이 해낼 수 있을까? 얼마나 더 나은 존재가 될 수 있을까? 그저 존재하는 것만으로 얼마나 많은 사람들을 축복해줄 수 있을까? 이 순간 무엇을 할 것인가? 어떻게 현재에 몰입할 것인가? 어느 누구도 남을 대신해 춤을 추고 노래하고 남의 이야기를 기록할 수 없다. 당신이 누구이고 무엇을 하는가, 그리고 이제부터 시작이다! -리사 니콜스(동기부여 전문가)-

순간순간, 날마다, 달마다, 해마다 어떤 시간이나 자기가 더 바람직하게 여기는 삶을 살 수 있는 좋은 기회로 삼아야 한다. -헬렌 니어링(1904~1995년, 작가), 스콧 니어링(1883~1983년, 작가) 부부-

현재 이 순간은 선물이므로 현재(Present)를 선물(Present)이라고 말한다. 삶은 재방송이 없는 생방송이다. 삶은 연극이지만 앙코르가 없으며, 드라마이지만 리셋버튼이 없다. 그러므로 삶의 순간순간이 지나가면 다시는 되돌릴 수 없다. 지금 이 순간만이 자신이 존재하는 전부이므로 순간순간을 마지막이라고 여기고 최선을 다해야 한다.

삶에서 가장 중요하고 근본적인 관계는 지금 이 순간과의 관계다. 지금 이 순간의 모습과의 관계다. 지금 이 순간 존재하는 것들, 지금 이 순간 일어나는 것들과의 관계다. 지금 이 순간이 취하고 있는 모든 모습과 어떤 관계를 맺을 것인가를 결정할 수 있는 것은 바로 지금 이 순간이다. 우리가 유일하게 갖고 있는 지금 이 순간을 붙잡아야한다.

지나간 과거에 얽매이거나 불확실한 미래에 사로잡혀서 정작 최선을 다해야 할 오늘 지금 이 순간을 헛되이 보내서는 안 된다. 자꾸만 뒤를 돌아보지도 말고 서둘러 너무 앞서가지도 말아야 한다. 과거에 묶이거나 미래를 서두르다 보면 지금 이 순간을 놓치고 만다.

과거는 이미 지나가버린 회상의 시간이고 미래는 아직 오직 않은 상상의 시간이다. 이미 지나간 회상에 발목이 잡히거나 아직 오지 않은 상상을 향해 성급하게 두 팔을 뻗어서는 안 된다.

현재, 과거, 미래 중에서 우리가 살아갈 수 있는 시간이나 공간은 바로 지금 이 순간인 '현재'밖에 없다. 그런데도 많은 사람들이 잘 나간 과거를 그리워하고 집착하면서 지금을 거부하고, 현재에 아무런 노력도 기울이지 않으면서 막연하게 내일은 잘 될 것이라고 꿈꾸며 살아간다.

시련이 닥쳐왔다면 이것은 이미 지나간 과거의 일이다. 시련이 닥쳐올 것을 예상한다면 이것은 아직 다가오지 않은 미래의 일이다. 마찬가지로 불행했던 과거와 불안한 미래가 스트레스를 가져다주는 이유는 현재에 집중하여 충실하게 살지 못하기 때문이다. 현재의 순간을 삶의 중심으로 삼고 열정적으로 살아야 한다.

희망의 스위치를 올려라

희망을 품어라

삶에서 때로는 포기하고 싶고, 쓰러지고 싶고, 자신을 버리고 싶을 때도 있을 것이다. 삶의 막장에서 고통과 절망으로 울부짖을 때가 있을 것이다. 막장에서도 삶은 계속되어야하며 희망만이 버틸 수 있게 하는 힘이다.

모든 상황이 절망적일지라도, 슬프고 무기력한 감정이 짓누를지라도, 나아지지 않을 것이라는 생각이 지배할지라도 '삶이 있는 곳에 희망도 있다'는 확신을 가져야 한다.

인생에서 부닥치는 무수한 시련과 포기하고 싶은 순간들, 막장이 더 내려갈 수 없는 곳임을 깨닫는 순간, 희망의 스위치를 찰칵! 올려야한다.

칠흑같이 컴컴한 방에 스위치 하나만 올려준다면 전등이 켜져 환하게 빛나듯이 사람의 마음에 희망은 어둡고 험한 세상에서 빛으로 이끄는 큰 힘이다.

절망의 끝자락에 붙어있는 것이 희망이다. 벼랑 끝에서도 희망을 놓아서는 안 된다. 사방이 꽉 막힌 벽 앞에서도 희망을 가지고 기다려야 한다. 희망은 시련이라는 언덕길 너머에 기다리고 있다. 시련을 당해 쓰러졌을 때 무엇보다 먼저 희망 없는 상황이란 거의 없다는 사실을 이해함으로써 그 첫걸음을 시작해야 한다.

지금의 시련이 언젠가는 사라지리라는 희망, 누군가 어둠 속에서 손을 뻗어 주리라는 희망, 내일은 내게 빛과 생명이 주어지리라는 희망, 그런 희망이 있어야 삶의 의욕이 되살아나고 투혼이 발휘되어 시련을 극복하고 삶을 변화시킬 것이다. 깜깜한 밤하늘에 반짝이는 별을 보듯이 절망 속에서도 희망을 찾고 구해야 한다.

사람이 한 순간에 무너지는 것은 암담한 상황 때문이 아니다. 지레 겁을 먹고 희망의 끈을 놓았기 때문이다. 슬기롭게 대처하면서 희망의 끈을 놓지 않고 기다려야 한다.

좋은 희망을 품는 것이 바로 그것을 이룰 수 있는 지름길이다.
–마틴 루터 킹(1929~1968년, 시민운동가)–

희망은 고통을 극복하고 삶을 변화시킨다. 희망은 삶의 근거이고 원리이며 세상을 계속 움직이게 하는 정신적 엔진이다. 희망은 마음에 꽃을 피게 하고 삶을 지배한다.

수확할 희망이 없다면 농부는 씨를 뿌리지 않으며 이익을 거둘 희망이 없다면 상인은 장사를 하지 않듯이, 시련을 당한 사람은 시련 극복의 희망이 없다면 아무런 노력을 기울이지 않을 것이다.

희망은 현재를 결정하는 연결고리이며 원동력이다. 희망이 무엇이냐에 따라 현재의 삶이 정해진다. 좋은 일이 생길 것이라고 믿어야 그렇게 되듯이, 희망을 그리는 사람은 마침내 그 희망을 닮아간다. 좋은 희망을 품는 것이 바로 그것을 이룰 수 있는 지름길이다. 왜냐하면 희망은 노력을 끌어내고,

그렇게 하도록 부추기기 때문이다.

희망은 저절로 오는 것이 아니다. 희망이 있다고 여기고 그 희망을 생각해야 있는 것이다. 그리고 그 희망을 자신이 키워가야 희망이 현실로 나타나는 것이다.

희망이야말로 몸을 앞으로 내밀고 한 걸음 내딛도록 할 수 있다. 계속해서 희망을 품는 것은 계속 앞으로 나아가게 하는 것이다. 희망은 언제나 한 번에 한 걸음 더 내딛게 하는 식으로 작용한다. 그 한 걸음이 얼마나 쉬운지 어려운지는 아무 상관없는 법이다.

희망은 가까이 있다

희망은 일상적인 시간이 영원과 속삭이는 대화이다. 희망은 멀리 있는 것이 아니다. 바로 내 곁에 있다. 나의 일상을 점검하자. -릴케(1875~1926년, 시인)-

희망은 이미 존재한다. 하지만 희망은 희망을 갖는 사람에게만 존재한다. 희망은 희망을 볼 수 있는 사람에게 보이는 것이다. 희망을 볼 수 있는 눈이 없거나, 희망을 보지 않으려 하면 눈앞에 아무리 희망이 놓여 있어도 보지 못한다. 희망의 소중함을 모르거나 외면하는 사람에게는 보이지 조차 않는 숨겨진 것이다. 희망은 희망을 볼 줄 아는 사람이나 보려는 의지를 가진 사람의 몫이다.

희망은 공짜이다. 마음만 활짝 열기만 하면 정말 공짜이다. 희망이 있다고 믿는 사람에게는 희망이 있고, 희망 같은 것은 없다고 생각하는 사람에게는 희망은 없다. 그 어떤 시련도 희망을 믿고 희망을 가지는 것을 막지 못한다.

희망이라는 태양이 다시 떠오른다는 사실을, 자신이 그 태양을 볼 수 있도록 희망이 도와줄 것이라는 사실을 믿어야 한다. 희망은 그냥 오는 것이 아니라 희망을 사랑하고 희망을 믿는 사람에게만 와 주는 것이다.

희망이란 특정한 사람만이 배타적으로 이용할 수 있는 게 아니라 누구든지 가질 수 있는 것이다. 그렇지만 희망은 주로 가파른 삶의 여정을 걷고 있는 사람, 시련을 겪는 사람, 절망에 놓인 사람의 가슴이나 마음속에 품어지는 경우가 많다. 이것은 홍수나 폭설, 추위를 만났을 때 피난처를 바라고, 고통에서 벗어나기를 바라며, 짐이 무거울 때 벗어나기를 바라며, 실패했을 때 또 한 번의 기회가 찾아오기를 바라는 심정처럼 말이다.

희망을 너무 큰 것만을 생각하거나 연상해서는 안 된다. 희망은 클 수도 있지만 때로는 겨자씨만큼 작을 수 있다. 하지만 이와 같은 작은 희망을 소중히 여기면서 아끼고 키우면 넝쿨처럼 자라서 절망의 계곡을 뒤덮고, 삶을 튼튼하게 하고, 자신이 하고자 계획한 일에 대해 바라는 결과를 얻을 수 있다.

희망을 선택하라

매사 활기차고 희망차게 생각하는 사람은 틀림없이 인생에서 최선을 다하게 된다. 생각이란 비슷한 결과를 생산하기 마련이다. 침울하게 생각하는 사람은 침울한 결과를 얻게 되고, 희망적으로 생각하는 사람은 건설적인 결과를 끌어들이는 경향이 있다. -노먼 빈센트 필(1898~1993년, 목사)-

절망과 희망은 선택 사항이다. 시련이 있기 마련인 삶의 여정에서 절망을 선택하면 삶의 종착지에서 불행이란 마침표를 찍게 되고, 희망을 선택하면 행복의 산봉우리에 오르게 된다. 절망을 선택할 것인지, 희망을 선택할 것인지는 생각에 달려있다. 희망찬 생각을 가지고 있어야 행동도 희망차게 된다.

아무리 노력해도 되는 일이 없고, 도저히 상황이 개선될 기미가 보이지 않더라도 절망을 선택해서는 안 된다. 태양이 구름에 가려 빛나지 않을지라도 언젠가 태양이 빛나듯이 희망이 삶을 환히 비추는 날이 올 것이라고 믿고 희망을 선택해야 한다.

용서는 자신을 위한 것이다

용서는 쉬운 일이 아니다

당신에게 상처를 준 사람을 당신의 마음에서 놓아주라. 그 상처를 더 이상 붙들지 말라. 상처를 준 사람을 어떻게 놓아줄 수 있는가? 용서하는 것, 그것만이 그들을 놓아주는 유일한 방법이다. 그들이 용서를 구할 때까지 기다리지 말라. 왜냐하면 그것은 그들보다 당신 자신을 위한 것이기 때문이다.
-릭 워렌(목사)-

나는 억울한 누명을 쓴 시련을 당했을 때에 용서한다는 것이 말처럼 쉬운 일이 아니었다. 말로는 종종 용서의 필요성을 역설하다가도 막상 자신이 용서할 일이 생기면 용서가 아니라 마음에는 분노와 원한과 복수심이 앞섰다.

복수는 더 큰 불행을 낳는다. 복수는 타인도 파괴하지만 자신도 파괴시킨다. 용서하지 않으면 자신의 마음이 과거에 얽매여 괴로워진다. 용서하지 않으면 현재는 과거에 얽매이게 된다. 상처받았던 과거에 삶을 얽어매놓고는 자신의 존재를 규정하고 갉아먹도록 방치해두는 것과 같다.

용서는 과거를 잊어버리는 것이 아니라 오히려 기억해야 한다. 어리석은 사람은 용서하지도 않고 잊지도 않는다. 평범한 사람은 용서하고 잊는다. 현명한 사람은 용서는 하되 잊지는 않는다.

용서는 과거를 인식하면서 미래로 나아가는 징검다리이다. 용서는 과거에 갇힌 에너지를 내보내고 하고자 하는 일에 쓸 수 있게 한다. 용서하여 맺힌 것을 풀고 자유로워지면 세상문도 활짝 열린다. 맺히고 막힌 관계를 풀고 세상의 모든 존재를 향해 나아가야 한다. 용서를 통해 과거를 털어내고 마음의 평정을 이루어 다시 일어나서 새로운 미래를 향해 나아가야 한다.

상처의 진정한 치유는 용서다

마음의 평화는 내가 나에게 줄 수 있는 최고의 선물이다. 어느 누구도 그것을 대신할 수 없다. 과거에 무슨 일이 있었건 내 삶을 사랑하고, 나와 함께 그것을 공유했던 사람들을 사랑함으로써 나 자신을 용서할 수 있다.

–셰퍼드 코미나스(치유 전문가)–

용서한다는 것은 알고 보면 자신을 위한 것이다. 용서는 상대방을 위하는 것이기도 하지만, 자신 안에 내재되어 있는 분노와 복수심으로부터 자신을 해방시키는 것이다.

용서하지 않으면 상대방도 무거운 짐을 지고 살아가지만 자신도 마찬가지다. 용서하지 않으면 상처를 준 사람은 '죄'의 무거운 짐을, 자신은 '원망'의 무거운 짐을 지면서 틈만 나면 상처를 끌어안고 분노를 되새김질하는데 골몰하게 된다.

상처에 집착하면 마음의 평화가 깨져 자신을 불행하게 만든다. 누군가를 용서하지 않고 마음에 앙심을 품는 것은, 다른 사람이 병들기를 기대하면서 자신이 독을 마시는 것과 같다. 상처와 원한의 감정에 매달리면 자신을 해치게 되고 더 부정적인 에너지를 끌어올 뿐이다.

세상과 타인에 대한 원망과 집착을 벗어날 때 홀가분한 것처럼 용서하면 화가 녹아내리고 상처가 아물어 평정을 되찾는다. 진정한 용서는 엄청난 카타르시스를 가져다준다. 가슴을 깨끗이 청소해주고, 놀라운 해방감을 선사해준다.

상처의 진정한 치유는 용서에서 온다. 자신에게 상처를 준 사람이나 상황에 대해 기꺼이 용서하여, 자신의 가슴속을 해방시켜야 한다. 용서는 자신을 위해 상처를 떨쳐버리는 것이며, 자신에게 베푸는 은혜이며 사랑이다.

용서해야 한다. 용서는 마음의 문을 닫아걸고 있던 걸쇠를 푸는 일이다. 용서하는 마음은 상처 준 이들을 받아들이는 마음이다. 용서는 양심의 쇠사슬에 묶여있던 가해자를 안심시키는 일이다.

용서는 놀라울 정도로 강력한 힘을 지닌다. 용서는 마음속에 갇힌 원한의 에너지를 내보내고 하고자 하는 일을 이룰 수 있게 한다. 용서함으로써 아름다운 미래를 위한 에너지를 창조하게 된다. 용서의 실천은 자신의 마음의 상처를 치료하고 앞으로 나아가게 하는 밑거름이자 원동력이 된다.

용서는 값싼 것이 아니며 삶 속에서 실천하는 큰 수행이다. 용서는 곧 사랑이다. 고결하고 아름다운 사랑의 형태이다. 사랑이 없는 사람은 쉽게 용서하지 못한다. 용서하는 순간 고통과 분노의 마음 상태에서 사랑의 상태로 옮겨간다. 용서는 평화와 행복을 그 보답으로 준다. 용서 끝에 찾아오는 편안함이 진정한 마음의 평화이다. 사랑과 용서를 통해 마음의 평화를 얻고 행복감을 느껴야 한다.

시련을 뛰어 넘어라

시련은 뛰어넘기 위해 존재한다. 그러므로 지금 당장 시련에 맞붙어서 싸워라. 일단 싸우다 보면 그것을 극복할 수 있는 방법을 찾게 될 것이다. 몇 번이고 시련과 씨름하는 가운데 힘과 용기가 용솟음치게 된다. 그리하여 자신도 모르게 정신과 인격이 완벽하게 단련되는 것을 느낄 수 있게 되리라.
-린더스트(법률가)-

시련을 뛰어넘기 위해서는 부정적인 감정을 떨쳐버리고 마음 한 구석에 깃들여 있는 도전 정신을 일깨워야 한다. 시련을 딛고 성공에 오른 사람들을 보면, 그들 마음속엔 자신의 꿈을 이루고자하는 강한 의지가 있다. 꿈을 이루는 과정에서 겪는 시련을 디딤돌 삼아 뛰어넘고 도약한다.

인생에서 주인공 역할을 해야 한다. 소설이나 영화에서 주인공은 항상 수많은 시련에도 불구하고 결코 무너지거나 포기하지 않고 이를 극복하는 사람이다. 시련은 주인공 역할을 빛나게 만드는 재료인 뿐이다.

세상의 어떤 것도 강한 의지를 대신할 수 없다. 사람은 재능만으론 성공할 수 없다. 성공하지 못한 사람들이 공통적으로 갖고 있는 것 중 하나가 바로 재능이다. 천재성만으로도 안 된다. 천재이면서도 평범한 삶을 사는 사람이 어디에나 있다. 끈기 있는 노력과 강한 의지력만이 전능한 힘을 갖고 있다. -캘빈 쿨릿지(1872~1933년, 30대 미국 대통령)-

시련을 극복하려면 천부적인 재능보다 좌절하지 않고 위험을 마다하지 않으며 힘차게 전진할 수 있는 힘이 있어야 한다. 힘은 지루하고 고된 일을 참고 견뎌내게 해주며, 인생의 여정에서 한 단계 한 단계 앞으로 나아가게 해준다. 하지만 힘만 가지고는 안 되며, 끊임없는 신념과 의지가 있어야 한다.

의지는 어려운 일을 수행하게 하며 장애를 헤쳐 나가게 한다. 무수한 장애를 헤쳐 나가는 것은 인간 정신의 위대한 성취이다. 의지력은 인격의 기초를 닦는 데 중요한 요소이다. 의지력은 바로 인격의 중심적인 힘이다. 세계를 움직이고 앞장서서 이끈 사람들은 천재가 아니라 확고한 의지를 보여준 이들이다.

의지력은 삶에 진정한 향기를 불어넣는 희망의 기반이다. 세상에 쉬운 일은 없으므로 낙숫물이 바위를 뚫듯이 의지를 가지고 전진해 나가면 반드시 시련을 극복할 것이다.

장애물을 디딤돌로 삼아라

운명을 결정짓는 것은 환경이 결코 아니다. 운명은 인생에서 벌어지는 사건에 달린 것도 아니고, 그 사건을 어떻게 해석하는가에 달린 것이다. -앤서니 라빈스(심리학자)-

삶의 길목에는 장애물이 놓여있기 마련이다. 살아가다보

면 고민, 고통, 불행, 실패 등 갖가지 시련의 장애물을 만나게 된다. 삶의 여정에서 장애물이 가로막을 때, 나약해지거나 좌절하여 주저앉거나 포기해서는 안 된다.

그 장애물에 걸려 넘어질 것이 아니라 뛰어넘어야 한다. 장애물이 자신감을 키우는 씨앗이 되어야 한다. 장애물로 인해 고난과 패배가 눈앞에 닥쳤다고 여기는 순간 용기가 무엇인지를 깨닫고 자신에게 용기를 불어넣고 발휘해야 한다.

장애물 극복을 위한 싸움에서 실력과 힘을 강화시키고 용기와 인내력을 키우며 능력과 자신감을 높여야 한다. 장애물은 삶의 동지이다. 자신을 한 차원 높게 뛰어오르게 하고 성장시키는 기회일 수 있다. 장애물을 뛰어넘고 나면 그 장애물은 삶에 딴죽을 걸어 넘어지게 했던 걸림돌이 아니라 삶을 다양하고 풍성하게 만든 디딤돌로 바뀌어 있을 것이다.

인생에서 장애물을 만나 넘어지는 것을 두려워하지 말아야 한다. 장애물을 고통으로 여기지 말고 교훈으로 받아들여야 한다.

삶에 장애물인 장벽이 나타나는 것은 다 이유가 있다. 장벽이 서 있는 것은 가로막거나 내몰기 위해서가 아니라 무엇인가를 얼마나 절실히 원하는지 깨달을 수 있도록 하기 위해 있는 것이다. 왜냐하면 장벽은 그것을 절실하게 원하지 않는 사람들을 멈추게 하기 위해서 있는 것이기 때문이다.

뛰어넘을 수 없는 벽은 찾아오지 않는다. 벽은 벽이 아니라 뛰어넘기 위해 있을 뿐이다. 장벽을 뛰어넘는 시작이 장벽 근처를 배회하거나 피하는 것이 아니라 뛰어넘을 수 있다는 자신감이라는 구름판 하나를 준비하는 것이다.

장벽을 마주하거든 포기하지 말고 그냥 뛰어넘든지, 사다리를 놓고 올라가든지 옆으로 돌아가든지 아니면 무너뜨리든지 뚫고 나갈 문을 만들든지 온갖 시도를 하여서라도 넘거나 통과해야 한다.

도전에 응전하라

인간의 삶은 끝없는 도전과 응전의 삶인 것이다.

-아널드 토인비(1889~1975년, 역사학자)-

도전과 응전은 우리 삶의 현실이다. 모태라는 보호막을 벗어나 어머니와 연결된 탯줄이 끊어지는 순간부터 숨 쉬고 먹고 마시고 배설하고 병균과 싸우는 등 생존을 위한 사투를 벌여야 한다. 인생이 도전과 응전의 끝없는 싸움임을 인정하고 직시해야 한다.

삶의 여정에는 앞길을 가로막는 바윗돌이 놓여있는 경우가 많다. 어떤 사람은 이를 원망하면서 걷어차다가 발이 부러지기도 하고, 어떤 사람은 그 바윗돌을 주춧돌 삼아 집을 짓기도 한다.

삶에 차이를 가져다주는 것은 삶에 어떤 도전적인 상황이 일어났는지가 아니라 부딪치는 개개의 도전에 대하여 어떻게 응전하는가에 달려있다. 또한 응전의 정도도 적극적이냐 소극적이냐에 따라 운명이 달라진다.

삶이 도전장을 내밀 때 결코 물러서지 말아야 한다. 많은 사람은 자신의 운명이나 자신이 당면한 시련을 자신의 것으로 받아들이려고 하지 않는다. 남의 탓으로 돌리고 불평하고 탄식하고 회피하려 한다. 삶의 시련 앞에, 거센 도전 앞에 불평하거나 원망하거나 피하려고 몸부림치지 말아야 한다. 당면한 도전을 회피하지 말고 더 큰 응전으로 끌어안아야 한다. 운명이라고 생각하고 그 운명을 극복하기 위해 매섭게 정면으로 응전해야 한다.

용기를 발휘하라

용기는 두려움이 없는 게 아니고, 공포를 모르는 게 아니다. 그것은 두려움을 극복하고 공포를 억누르는 것이다.

-마크 트웨인(1835~1910년, 소설가)-

삶이란 어떤 일이 생기느냐에 따라 결정되는 것이 아니라 그러한 상황에서 어떤 태도를 취하느냐에 따라 결정된다. 시련을 당하거나, 실패했을 때 용기를 가지고 의지를 행동으로 옮기는 가슴 뛰는 삶을 살아야 한다.

용기를 가지고 일하면 일을 가치 있게 해내어 시련을 극복할 수 있고 성장할 수 있다. 용기는 빠르고, 강력하며, 공세적인 행동을 취하는 것이다. 시련이라는 절체절명의 상황을 극복하기 위해서는 때로는 대담무쌍함이 요구된다.

시련의 상황이 힘들다고 좌절해서는 안 된다. 시련의 상황에서 용기 있게 맞선다고 해서 시련 극복이 보장되는 건 아니지만 두려움에 굴복하여 용기를 발휘하지 못한다면 확실하게 시련의 나락으로 떨어지는 것을 보장받는다.

시련에 용기 있게 맞서는 것은 삶에서 시련이 오리라는 것을 예상하는데서 시작한다. 그리고 시련이 닥쳤을 때에는 두려움을 떨치고 용감하게 맞서야 한다. 용기를 발휘하여 시련과 지독하게 싸워야 한다. 두려워하지 말고 용기를 가지고 늠름하게 앞으로 나아가야 한다.

시합에서 이기고 지는 것이 간발의 차이이듯이 용기를 가지고 한 발짝만 더 전진하면 시련을 극복할 수 있다. 용기가 있는 곳에 승리가 있으므로 용기를 가지고 전진해야한다.

용기는 말이 아니라 행동으로 보이는 것이다. 용기는 허세나 오만이나 광기와 다르다. 용감한 자는 자신이 옳다고 믿는 것을 실천하며, 그 결과를 의연하게 감수해낸다.

-마하트마 간디-

용기는 새로운 행동을 하는 것이다. 용기는 연습과 실천을 통해 길러질 수 있는 덕목이다. 용기는 하나의 습관이다. 용감하게 행동함으로써 용기를 키울 수 있다. 최선의 방법을 찾아 용기를 가지고 행동에 옮겨야 한다. 두려움을 깨뜨리고 용기를 기르는 습관을 가져야 한다.

목표를 명확히 세우고, 구체적인 계획을 잡고, 자신이 할 수 있는 것 중에서 가장 중요한 것을 선택하여 과감히 그것을 실천하는 것이 용기를 발휘하는 출발점이다.

자신감에 충만하라

뭘 할 수 있다고 믿거나, 할 수 없을 거라고 믿거나, 그대로 될 것이다. -헨리 포드(1863~1947년, 기업인)-

시련에 직면하더라도 강한 자신감을 가지고 결코 좌절하지 않아야 한다. 자신에 대한 믿음을 가지고, 자신의 능력에 대한 확신을 가지고 시련 앞에서 방황이 아니라 무언가 해내려고 행동에 나서야 한다. 변화를 일으키면서 빠른 속도로 시련 극복을 향해 달려 나가야 한다.

자신감을 가져야 한다. 자신감을 가지고 있어야 심플한 마음 상태로 시련 극복에 집중할 수 있다. 자신감은 자신을 용기 있게 만들어줄 뿐만 아니라 주위 사람들에게도 용기를 심어준다.

자신감을 갖고 싶다면 마음속으로 자신이 아주 자신감이 있는 사람이 된 것처럼 생각하자. 그리고 자신감을 갖고 일하면서 다른 사람들과 당당하게 대화하는 장면을 상상하자. 또 평소에 어려움을 겪었던 상황을 그려 보고, 자신이 아주 자신감 있게 달려들어 그 상황의 어려움을 잘 처리해 가는 모습을 그려 보자.

아무런 준비도 없는 상태에서 자신감이 형성되는 것은 아니다. 철저히 준비하고 계획하고 노력해야 자신감이 생긴다. 당당하게 자신감을 드러낼 수 있도록 자신을 능력 있는 사람으로 가꾸어 나가야 한다.

굳은 의지로 다시 일어서라

넘어질 수 있지만 일어나야 한다

우리가 잘못 알고 있는 것이 하나 있다. 우리는 항상 완벽을 추구한다. 하지만 가장 본받아야 할 인생은 한 번도 실패하지 않은 것이 아니라 실패할 때마다 조용히, 그러나 힘차게 일어서는 것이다. 아무리 힘든 일이라도 해결책은 있게 마련이다. 그림자가 있는 곳에는 반드시 밝은 빛이 비친다.
–레프 톨스토이–

실패와 좌절의 경험도 인생을 살아가면서 겪는 공부의 하나이다. 현실이 슬픈 그림으로 다가올 때면, 그 현실을 보지 말고 멋진 미래를 꿈꿔라. 그리고 그 꿈이 이루어질 때까지

앞만 보고 달려가라. 인생 최대의 난관 뒤에는 인생 최대의 성공이 숨어 있다.

-커넬 할랜드 샌더스(1890~1980년, KFC 창업자)-

넘어진 것은 당신 잘못이 아닐 수도 있지만, 일어나지 않는 것은 분명히 당신 잘못이다. -스티브 데이비스(축구선수)-

삶은 연극처럼 뒤얽혀 있다가 다시 전개된다. 그치지 않는 비는 없듯이 어떠한 실패도 지나가게 되어 있다. 그렇게 되면 실패는 과거의 일이 될 뿐이다.

실패로 인하여 쉽게 절망하고 스스로의 능력을 믿지 못하고 포기하는 자에게는 영원한 실패자로 전락할 뿐이다. 인생에서 중요한 것은 실패하지 않는 것이 아니라 실패해도 좌절하지 않고 다시 일어나는데 있다. 실패에 굴복하는 것만이 실패이다. 포기할 때 실패이지 포기하지 않으면 실패는 아니다. 실패 후에 좌절하느냐 다시 일어나느냐 하는 것이 실패의 시련에서 벗어나는 관건이다.

실패는 삶의 의지를 고양시켜주는 자양분이다. 실패가 성공의 시작을 알리는 신호일 수 있지만 실패한 사람이 모두 성공하는 것은 아니다.

처음부터 잘되는 일은 아무것도 없다. 실패, 또 실패, 반복되는 실패는 성공으로 가는 길의 이정표다. 당신이 실패하지 않을 수 있는 유일한 길은 당신이 아무런 시도도 하지 않는 것이다. 사람들은 실패하면서 성공을 향해 나간다.

-찰스 F. 키틀링-

때때로 큰 실패는 큰 성공을 낳는다. '무난한 성공' 보다 '위대한 실패'에 주목해야 한다. 따라서 실패가 성공을 위한 과정이기 때문에 실패하는 것에 대해 전혀 두려워할 필요가 없다. 실패를 두려워하면 미래는 없다.

실패한 후 다시 솟아오르는 의지와 능력을 발휘해야 한다. 실패가 발목을 잡도록 놓아두면 안 된다.

작은 성공 후에 실패를 부르는 사람이 있는가 하면, 작은 실패를 모아 큰 성공을 이루는 사람이 있다. 큰 성공은 끔찍한 실패를 바탕으로 한다. 큰 성공을 거두기를 목표로 한다면 일시적인 실패로 인해 괴로울 수도 있고, 연속적으로 실패할 수 있다는 것도 예상해야 한다. 사실 성공한 사람들은 실패한 사람들보다 훨씬 더 많은 실패를 겪는다. 성공하는 사람들은 실패하는 것을 불명예로 여기는 것이 아니라 다시 도전하지 않은 것을 불명예로 여기고 실패할 때마다 뭔가 가치 있는 것을 배워 다시 일어선다. 실패하는 매순간마다 자신을 추슬러 목표에 한 발 더 다가서는 것이다.

실패에서 배워라

위대한 인물은 배움의 기회를 주는 엄청난 실패를 통해 만들어지는 것이지, 순간의 기쁨을 주는 엄청난 성공을 통해 만들어지는 것이 아니다. –엘머 클락–

누구든지 인생에서 많은 실패를 하면서 살아간다. 삶의 여정에서 겪는 과정인 실패로 인해 상처받지 말고, 받아들이고 인정해야 한다. 그럼에도 불구하고 “이런저런 상황 때문에 실패할 수밖에 없었다”면서 변명과 상황논리를 내세우고 자기 합리화를 하는 것은 실패에서 아무런 반성을 하지 않는 행위다. 이런 정신 자세를 가지고는 또다시 실패할 수밖에 없다.

실패에서 배우지 못하고 그냥 실패로 받아들여서는 안 된다. 실패의 원인을 찾고 실패에서 무언가를 배워야 한다. 철저하게 반성하고, 그 원인을 냉정하게 분석하고, 개선책을 내고, 아이디어를 실천해야 한다. 그래야 같은 실패를 반복하지 않게 되고 진정한 진보가 이루어진다. 또한 실패를 떳떳하게 공개해야 주변의 조언과 도움을 얻을 수 있다. 그것이 실패를 딛고 다시 일어설 수 있는 첫걸음이다.

실패라는 시련을 극복하여 새로운 시작의 전기로 삼아야 한다. 그 극복은 누구를 탓하기보다 우선 자신을 믿고 격려하는 데서 가능하다.

실패의 가치는 자신이 결정하는 것이다. 실패의 이유를 찾아내고 교훈을 얻어 다시 일어서야 한다.

기회는 종종 불행이나 현재에 실패하는 모습을 가장하고 다가온다. 모든 실패나 실망 안에는 그보다 더 큰 성공과 이익의 씨앗이 숨겨져 있다. 당신이 해야 할 일은 그 씨앗을 찾아내는 것이다. -나폴레온 힐-

인생의 길목에서 기회는 우리 앞에 풍부하게 기다리고 있다. 하지만 기회가 일어서서 깃발을 흔드는 법은 없다. 기회는 실패를 가장하고 나타나는 일이 더 많다. 실패는 언제나 우리 주변에 있다. 그러나 때론 실패조차 요긴하게 쓰일 때가 있다. 실패는 고통과 함께 많은 가능성을 남겨 준다. 고통에만 눈이 멀어 숨어있는 가능성들을 미처 발견하지 못한다면 너무나 안타까운 일이다.

그러므로 새로운 태도를 가지고 실패를 바라보고 탐구해보면 뜻밖의 놀라운 기회가 기다리고 있을 것이다. 실패는 도전이며 기회다.

벼랑 끝에 자신을 세워라

어디로도 물러설 곳이 없는 벼랑 끝에 자신을 세워라. 그것은 자신에게 마지막 남은 희망과 기회의 중요성을 다시금 깨닫게 하여 세상을 긍정적으로 볼 수 있게 해준다. 벼랑 끝에서 나를 단련하라. -우장홍(중국 가정교육 전문가)-

뒤로 물러설 곳이 없는 벼랑 끝에 몰렸을 때 자신을 세워 단련해야 한다. 벼랑 끝에 선 자가 가장 강한 법이다.

영어로 "Burn your bridge behind you."라는 말은 "당신 뒤에 있는 다리를 불태워 버려라."는 뜻이다. 이 말은 "자신이 건너온 다리를 불태워 소각시켜버리면 되돌아갈 수 없으니 이제 앞으로 나아갈 수밖에 없다."는 것으로 흔히 말하는 '배수진'이다. 줄리어스 시저의 배수진 이야기는 유명하다.

시저의 군대는 배로 해협을 건너 영국에 상륙했다. 그리고는 전투가 불리해지면 배를 타고 후퇴할 생각으로 항구에 정박시켜두었다. 그런데 시저는 부하에게 명령하여 아군의 배를 하나도 남김없이 태워버렸다. 후퇴할 길이 완전히 차단된 병사들은 아연실색했다. 시저는 부하들에게 이렇게 말했다.

"전진하는 것 외에 우리에게 없다. 이런 각오를 할 때만 인간은 무한한 힘이 용솟음치게 마련이다. 비틀거리게 되었을지라도 쓰러지지 마라. 기력이 쇠진하여 더 이상 한걸음도 움직일 수 없다는 생각 따위는 하지 마라. 자신의 힘을 안이하게 평가하지 마라. 아직도 무한한 힘이 남아 있는 것이다."

배수진은 동서양을 막론하고 전법의 가장 중요한 덕목 중 하나이다. 벼랑 끝에 서면 혼신을 다한 힘이 발휘되는 법이다.

개인의 경우도 마찬가지다. 너무 지쳐서 더 이상 한 걸음도 움직일 수 없게 된 상태라고 하더라도 화재가 발생하여 불길이 향해오고 있다면 자신의 몸이 타는 대로 그냥 놓아두지는 않을 것이다. 절체절명의 순간이라는 의식이 반전의 기회를 만드는 것이다. 백척간두의 벼랑 끝에서 혼신의 힘이 발휘되는 것이다.

막다른 골목임을 깨달을 때, 달아나는 대신 문제와 마주한다. 대부분의 문제들은 피해서 달아나려고 하기 때문에 제대로 해결할 수 없는 것이다.

시련이 극에 도달하여 벼랑 끝에 몰렸을 때 그 사람의 잠재력이 드러난다. 벼랑 끝에서 절망과 싸우기를 주저하지 말아야한다. 시련 극복은 절망의 심연에서 낚아 올리는 월척과 같은 것이다.

인내와 끈기를 발휘하라

인내를 대신할 수 있는 것은 세상에 아무 것도 없다. 재능도 그것을 대신하지 못한다. 성과 없는 천재성은 한낱 유희에 지나지 않는다. 오직 인내만이 전지전능한 힘을 갖고 있다.
-레이 크록(1902~1984년, 맥도널드 창립자)-

사람의 성품에서 인내심이란 마치 쇠에 탄소를 집어넣는 것과 같다. 탄소는 쇠를 굳게 만들고, 인내는 사람을 강하게 만든다. -코린 터너(출판사 대표)-

강인한 사람과 나약한 사람을 구별하는 기준은 간단하다. 강인한 사람은 시련이 닥쳤을 때 "난 절대 포기하지 않아!"

라고 외치며 맞선다. -천빙랑(칼럼니스트)-

누구나 수많은 일시적 패배와 몇 번의 실패를 겪는다. 패배가 찾아왔을 때, 가장 논리적이고도 쉽게 취할 수 있는 조치는 포기다. 그것이 바로 대다수의 사람들이 취하는 조치다. 그리고 그것이 바로 대다수의 사람들이 평범한 사람으로 남는 이유다. -나폴레온 힐-

강인한 사람은 시련이 닥쳤을 때 포기하지 않는 것을 넘어 시련이 닥치기 전보다 더 나은 상황을 만들기 위해 최선을 다한다. 시련을 단련과 성장을 위한 시험으로 여기고 시련 속에 숨어있는 실마리를 찾아내야 한다.

쟁기는 씨앗을 심기 위해 땅을 파 일구는 기구이듯이, 인내는 시련을 극복하고 성공의 씨앗을 뿌리내리게 해주는 마음의 쟁기다. 인내는 우유부단한 자세를 취하거나 중도에 포기하는 것이 아니다. 중도에 포기할 만큼 힘든 상황일지라도 버티는 것이다. 마음의 관념인 한계를 벗어나는 것이다.

시련을 당해 너무 힘들다고 용기를 잃거나 좌절해서는 안 된다. 시련이 극복되지 않을 것이라고 성급하게 결론짓고 노력하는 것을 중도에 포기하면 안 된다. 시련 극복의 과정은 포물선이 아니라 계단식으로 올 수 있다.

중국산 대나무는 씨앗을 심은 후 물과 거름을 주지만 처음 4년 동안은 하나의 죽순 빼고는 아무것도 보이지 않는다. 그 4년 동안 모든 성장은 땅속에서 이루어진다. 그동안 뿌리가 형성되어 땅속으로 깊고 넓게 퍼져 나간다. 그리고 5년째 되는 해에 대나무는 25미터 높이로 자란다. 이처럼 꾸준히 물과 비료를 주면서 인내심을 가지고 노력하면 어느 순간 훌쩍 커버린 모습을 보게 될 것이다.

이처럼 어느 순간까지는 시련 극복의 성과가 미미하거나 없는 듯이 보이다가, 노력을 통해 그 순간이 지나고 나면 비약적으로 시련 극복이 되었다는 것을 느낄 수 있게 된다.

시련의 정도가 힘들수록 그 극복도 쉽거나 단숨에 이루어지지 않는다. 하지만 온갖 어려움을 무릅쓰고 시련을 극복하고 나면 급격하게 성장해 있는 자신을 발견하게 될 것이다.

끈기와 열정을 가지고 움직여 나간다면 분명히 시련 극복은 이루어질 것이다.

시련을 극복하는 비결은 인내심을 가지고 끈기 있게 버티면서 제 길을 가는 것이다. 끈기란 어떤 어려움에도 굴복하지 않고 밀고 나가려는 마음가짐이다. 끈기는 불가능함을 가능하게, 가능함을 유망하게, 유망함을 확실하게 만든다.

인내력의 수준은 자신에 대한 믿음의 척도다. 인내력이 클수록, 스스로에 대한 믿음도 커진다. 스스로를 굳게 믿을수록, 인내력이 커진다. 시련이 닥쳤을 때 잘 견뎌낼 힘을 발휘해야 한다. 인내를 가지고 원하는 목표를 향해 노력을 계속해야 한다.

극복할 수 있다고 마음먹어라

실패를 생각하는 순간 자신 스스로 실패할 수밖에 없는 이유를 만든다. 항상 자신이 성공할 수 있다는 생각을 가져야 한다. 그 순간 자신은 성공할 수밖에 없다는 이유를 만들어내고 있을 것이다. -데이빗 슐츠(사진작가)-

세상에 절대적인 것은 없다. 다만 우리의 생각이 그렇게 만들 뿐이다. -셰익스피어-

끔찍한 시련을 당하면 포기하지 않는 것이 옳은 일임을 알면서도 지치고 피곤하고 열정이 다 말라붙어 차라리 포기하는 편이 훨씬 낫겠다고 판단할지 모른다. "그만 둬야지" 하는 마음의 유혹을 받아 그냥 포기하고 마는 것이 좀 더 쉽고 덜 고통스럽다고 느낄는지도 모른다.

이것은 시련에 몸을 내맡기는 행위다. 물에 빠진다고 해서 익사하는 것은 아니다. 물에 빠진 후 가만히 있으면 그때 익사하게 되는 것이다. 실컷 두들겨 맞았다고 해서 패배하는 것은 아니다. 시련의 상황에 계속해서 머물러 있을 때에 패배하는 것이다.

하지만 결국에는 시련에 주저앉느냐 다시 일어서느냐는 자신의 선택에 달려있다. 시련의 상황에서 어떤 길을 선택하느냐가 인생의 중대한 갈림길이다. 한쪽은 성공으로 이어지는 길이고, 한쪽은 실패로 굳어지는 길이다.

시련의 상황에서 포기를 거부하고 끈기를 가지고 노력을 기울여야 한다. 한 걸음만 더 나아갈 힘이 있다면, 포기하는 것보다 계속하는 것이 훨씬 더 낫다는 사실을 명심하고 앞으로 나아가야 한다.

신에 대한 믿음과 신이 당신에게 준 능력을 믿음으로써 당신은 삶에서 직면하는 어떤 도전이든지 극복할 수 있다.
-리사 만레이(등산가)-

시련을 당했을 때 자신의 결단에 따라 행동하기도 하지만 시련에 질질 끌려가기도 한다. 잠재의식에 따라 실패를 생각하는 사람은 실패하게 만들고, 성공을 생각하는 사람은 성공하게 만든다. 된다고 생각하면 되고, 안된다고 생각하면 안되는 것이다. 된다고 생각하는 사람은 될 수밖에 없는 이유를 찾으며, 안된다고 생각하는 사람은 안 되는 이유를 열심히 찾는다.

노력도 하기 전에 스스로에게 말하기 시작한다. '상황이 너무 어려워 내 능력 가지고는 안 돼' 하고 스스로 울타리를 쳐 버리는 것이다. 어쩌면 '할 수 없는' 이유를 열심히 찾아 나중에 '할 수 없었다'라는 변명을 미리 준비하고 있는 것처럼 말이다. 이것은 인생의 법정에 서서 자기 스스로에게 형을 선고하는 재판관이 된 격이다.

시련을 극복하기 위해서는 스스로 한계를 짓지 말고 '될 수 있고, 할 수 있다'는 믿음을 가져야 한다. 믿음은 사람의 몸과 마음과 혼의 강력한 생명 에너지이다. 믿음이 있으면 어떤 상황에서도 잠재적 가능성을 찾아내고 기회를 맞이하고 새로운 길을 연다.

믿음은 시련 극복을 위한 마음가짐의 출발이며, 시련 극복의 과정에서 나타나는 장애물을 무너뜨리거나 디딤돌로 삼아 다시 일어서게 하는 힘이다. 믿음을 가지고 시련 극복을 위해 앞으로 나아가야 한다.

계속해서 전진하라

언덕길이다. 한 발짝 한 발짝, 숨결을 고르며 천천히 달린다. 한달음에 정상에 오르고자 하는 마음은 굴뚝같지만 다리의 근력이 허락하지 않는다. 하지만 조금씩 오를수록 의지는 강해진다. 어찌 되었든 언젠가는 꼭대기에 다다르게 마련이다. 그런 믿음이 있는 한 속도는 그리 중요하지 않다.

-쿠르트 호크(저술가)-

인생은 한 번에 한걸음씩만 걸으라고 요구하고 있다. 인생은 등산길이다. 등산을 할 때는 한 번에 한걸음씩 걸어가야 한다. 등산은 때로는 평탄한 길, 오솔길을 걷는 쉬울 때도 있지만, 가파른 고갯길을 오르거나 바위를 타야하는 힘든 경우도 있다. 때로는 길이 너무 험해서 기어가야 할 상황을 맞이할 수도 있다.

이처럼 등산과도 같은 삶의 여정을 헤쳐 나가기 위해서는 어떤 상황에서도 한걸음 한걸음씩 내디뎌야 한다. 인생에서 그 한걸음을 걸을 때마다 어느 정도 보폭이 되어야 하는지,

어느 방향으로 걸어야 하는지는 자신의 능력과 삶의 목표에 달려있다.

시련의 폭풍우가 퍼붓는다고 해도 걸음을 완전히 멈춰서는 안 된다. 한걸음 더 나아갈 수 있도록 최선을 다해야 한다. 걸음이 느려지는 것 같아도 포기하지 말아야한다. 시련을 극복하는 과정이 힘들더라도 묵묵히 참고 끝까지 가는 것이 중요하다. 이때 속도는 중요하지 않을 수도 있다. 한 발짝만 더 걸으면 시련을 극복할지 모른다. 시련을 극복하기까지 얼마나 남았는지 알 수 없으니 멀었다 싶을 때에 시련 극복의 순간이 제일 가까이 다가와 있는지 모른다. 아무리 멀고 긴 길도 걷다보면 다다르게 되어 있다.

넘어지더라도 다시 일어나서 시련 극복을 위해 한걸음 한걸음 내디뎌야 한다. 위축되지 말고 묵묵히 한걸음 한걸음을 걸으면서 조금씩이라도 전진해야 한다. 그것이 아무리 하찮고, 더디고, 고통스럽더라도, 또 자신이 할 수 있는 것이라고는 마지막 한걸음밖에 남아 있지 않다는 생각이 들지라도 말이다.

시련의 구렁텅이에서 자신을 기어 다니도록 했다가 일어서게 만든 그 의지가 자신으로 하여금 한 걸음 더 나아갈 수 있도록 해준다. 아무리 거세고 험한 시련이 덮칠지라도 그 속에서 걷는 그 한걸음 한걸음이야말로 삶을 지탱시키는 힘이며 불꽃이다.

갈 길이 너무 멀게만 느껴지는가? 포기하지 마라. 눈앞의 코너만 돌면 목적지가 나타날지도 모른다. 목적지가 생각보다 더 가까이에 있다. -조엘 오스틴-

시련의 고통에 짓눌리다 보면 조금 노력하는 것이나 아무런 노력도 하지 않는 것이나 마찬가지라고 생각하기 쉽다. 조금이라도 노력하는 것과 아무런 노력도 하지 않는 것의 차이는 엄청나다. 그것은 성패를 가름하는 차이를 뛰어넘어 생사를 가름할 수 있다

인생의 길에는 비바람도 있고 어두운 길도 있다. 그래도 우리는 계속 그 길을 걸어가야 한다. 중단을 거부할 때 결실의

열매에 다가설 수 있다. 아무리 지쳐 있더라도 한걸음 더 내디뎌야 한다. 시련을 극복한 대부분의 사람은 다른 사람들이 포기해 버리는 지점에서 한걸음 더 나아갔다. 바로 그 한걸음 덕분에 마침내 돌파구를 열었다.

아무런 노력도 하지 않으면 어떤 것도 이룰 수 없다. 아무런 노력을 하지 않는다는 것은 희망을 가지고 있지 않다는 뜻으로 상황을 더욱 심각하게 만들 수 있다. 아무런 노력을 하지 않는 것은 자신을 스스로 배신하는 행위다. 시련의 상황에서 한걸음을 내딛는 노력조차 하지 않는다면 이는 패배와 고통의 나락으로 영원히 떨어지는 것과 마찬가지다.

한걸음만 더 내디뎠더라면 자신을 도울 수 있는 사람이나 좋은 일을 만날 수 있는 것을 그렇게 하지 않았기 때문에 그런 기회를 맞이할 수 없는 경우가 허다하다. 좋은 인연, 좋은 일은 길 끝에서 기다리고 있는 경우가 많다. 삶의 여정에서의 비바람과 어두운 터널을 견디지 못해 한걸음 더 내딛지 못하면 성취도 희망도 날아가 버린다.

그러므로 어떤 어려운 상황을 맞이하여도 한걸음 내딛는

것이 아무리 쓸데없는 짓 같은 생각이 들지라도 그렇게 해야만 한다. 모든 걸 다 포기하고 그냥 그 자리에 주저앉아 버리고 싶은 순간에 한 걸음만 더 내디뎌야한다. 그 한걸음이 얼마나 더디건, 얼마나 미미하건 간에 한걸음만 더 내디딜 수 있으면 시련 극복의 가능성은 훨씬 높아지고 그 한걸음 한걸음이 모여서 차이를 만들게 되는 법이다.

아무리 언덕길이 가팔라도 주저앉거나 포기하지 않고 기어오르거나 짧은 보폭으로라도 한 걸음씩만 내디디면 산꼭대기에 오르듯이 시련 극복의 순간을 맞이할 것이다.

한 걸음 한 걸음이야말로 산꼭대기로, 찬란하게 빛나는 해돋이의 지점으로, 희망한 나날을 보장하는 상황으로 가까이 다가가게 할 것이다. 산꼭대기를 향해, 해돋이를 향해, 희망을 향해 내디딘 가장 연약한 한 걸음이 가장 맹렬한 폭풍보다 훨씬 더 강하다.

바다에 기름이 유출되어 손을 쓸 수 없는 지경에 이른 것을 기억해보자. 오염된 바위와 모래, 그리고 바다 위를 희망을 가지고 하나하나씩 기름을 닦아내는 그 작은 노력이 바로 한

걸음인 셈이다. 그 한걸음이 결국에는 기름범벅의 오염된 바다를 또다시 청정 바다로 탈바꿈시킨 것이다.

바다에 사는 수많은 물고기 가운데 유독 상어만 부레가 없다. 부레가 없으면 물고기는 가라앉기 때문에 잠시라도 멈추면 죽게 된다. 그래서 상어는 태어나면서부터 쉬지 않고 움직여야만 하고, 그 결과 몇 년 뒤에는 바다 동물 중 가장 힘이 센 강자가 된다. -장쓰안-

시련에 맞닥뜨렸을 때에는 선택의 여지가 없다. 펄떡이는 물고기처럼 계속 헤엄쳐야 한다. 힘차게 꼬리를 흔들 때마다, 지느러미가 거센 물결에 흔들릴 때마다 더 강해질 것이다. 그렇지 않으면 거센 물살에 떠내려가는 죽은 물고기처럼 될 것이다. 강물에 휩쓸려 떠내려가는 죽은 물고기가 아니라 힘차게 강물을 거슬러 올라가는 연어가 되어야 한다.

시련을 겪을 때마다 의기소침해 있어서는 안 된다. 시련 극복을 위한 행동에 나서야 한다. 한 걸음 한걸음 전진해야 한다.

좋은 리더를 넘어
사랑받는 리더로

리더십이란 무엇인가

리더십은 거창한 조직에만 있는 것이 아니라 두 사람만 모여도 자연히 거기에 리더십을 발휘하는 사람이 있다. 모든 사람은 어떤 조직에서 리더의 역할을 맡고 있으며 심지어는 자기 자신에 대해서도 리더십을 발휘하는 경우도 있으며 조직뿐만 아니라 가족 간에도 있다.

효과적인 리더십은 조직을 번영, 존속시키기 위해 달성해야 할 목표 및 우선순위와 규칙을 정하고, 전략을 수립하며 성취하는 행위이다. 한 조직의 발전이 그 조직의 리더가 이끌어가는 방향과 개인적인 자질에 의해 가장 크게 좌우된다는 것은 의문의 여지가 없는 분명한 사실이다.

'리더십은 영향력이다'는 말은 리더십에 대한 가장 명쾌한 정의다. 구체적으로 조직의 목표를 이루거나 체제를 유지하기 위해 구성원들의 자발적 참여를 유도하는 능력을 말한다.

지배와 관리가 수직적이고 일방적인 의사 전달이라면 리더십은 수평적이고 쌍방향적 소통을 중시한다. 리더십이 바로 설수록 조직이 유연하고 탄력적으로 변하게 되는 이유다.

리더십을 평가하는 기준은 정의로움이다. 《역사를 바꾸는 리더십》의 저자 제임스 맥그리거 번스는 "리더십 자체가 도덕적 행위이므로 정의롭지 않은 리더십은 리더십이 아니다"라고 주장한다.

히틀러는 강력한 영향력과 지도력을 보였지만 정의로움이 결여된 행위기에 리더십이라 할 수 없다. 반면, 인도의 간디는 연약한 지도자였으나 대의면에서 역사상 어떤 지도자보다도 탁월한 리더십을 발휘했다.

리더가 지녀야 할 요소

남가주 대학의 경영학과 교수인 워렌 베니스는 신뢰를 형성, 유지하기 위해 리더가 지녀야 할 요소를 네 가지로 설명하고 있다.

첫째, 리더 자신이 예기치 않은 일을 당하더라도 자기 집단에는 영향을 끼치지 않도록 주의하며, 시종일관된 태도를 갖는다.

둘째, 자기 말대로 행한다. 진정한 리더들에게는 자신들이 신봉하는 이론과 행동 사이에 차이가 없어야 한다.

셋째, 누군가 도움을 필요로 하는 사람이 있다면 언제나 그 옆에는 자신이 있다는 점을 알리고 중요한 순간에는 지원할 준비를 갖추어 놓는다.

넷째, 리더는 자신이 공언한 언약이나 약속을 존중한다.

리더와 관리자는 어떻게 다른가?

리더십은 매니지먼트와 다르다. 매니지먼트가 현재의 문제에 관해 반응하는 것이라면, 리더십은 미래를 준비하는 것이다. 리더십은 여러 가지 제약 속에서 선택을 하고 변화를 이끌어가는 것이라 할 수 있다. 따라서 위험과 비난을 감수해야 하는 숙명을 안고 있다.

–칼리 피오리나(전 휴렛패커드 최고경영자)–'

리더란 제대로 된 일을 하는 사람이고 관리자는 주어진 일을 제대로 돌아가게 하는 사람이다. 리더는 조직을 이끌어 나가면서 여러 가지 상황에 직면하게 되고 그때마다 조직이 나아갈 방향을 올바로 제시하고 구성원들의 행동 초점을 그 방향에 맞추어 결집시켜야 한다. 이처럼 리더는 관리자와 전혀 다른 목적을 위해 일하고, 이에 따라 서로 다른 재능과 기술을 필요로 한다.

리더십은 부하들에게 자발적인 자기희생을 독려하는 것과 깊은 관련이 있다. 리더가 고결한 성품을 갖고 먼저 구성원을 위해 희생하고 봉사할 때, 비로소 부하들 스스로 조직의 목표를 향해 자기희생으로 화답하게 된다.

리더십은 인기 경쟁이 아니다. 리더는 욕먹을 줄 알아야 한다. 모두를 만족시키려고 노력하는 리더는 조직을 실패로 이끌게 되어 결과적으로 모두로부터 비난을 받게 된다. 리더는 단기적 평가가 아닌 장기적 관점에 집중하면서 옳은 일을 위해 헌신할 줄 알아야 한다.

리더십은 어디에서 오는가? 리더십은 사회적 지위에서 나오는 것이 아니라 '3C'를 갖춤으로써 가능하다. 즉 실력(Competence), 인격(Character), 헌신(Commitment)이다.

인격은 인생의 면류관이자 영광인 동시에 인간의 가장 고귀한 소유물이며 성과를 드높이는 재산이다. 인격은 재산보다 강하고, 명성을 탐하지 않아도 명예를 가져다주며, 언제 어디서든 영향력을 발휘한다. 인격은 타고나는 것이 아니라 노력해서 얻는 것이다. 인격은 단순한 믿음, 혹은 덕목이 아니다. 구체적인 습관이며 구체적인 힘이다.

팔로우어 때에는 자신이 이력서를 쓰지만 리더가 되면 스스로 쓰는 것이 아니라 주변이 써 주는데 그것이 평판이다. 평판은 리더가 알아차리기도 전에 이미 평가가 이루어진다.

리더는 조직 구성원들이 하는 일로 평가받으므로 조직 구성원에게 책임과 권한을 위양하고, 소신을 가지고 일을 할 수 있도록 코칭 해야 한다. 책임을 맡기고 신뢰감을 주어야 한 사람을 성장시킨다.

리더가 빠지기 쉬운 함정

리더의 발목을 잡는 함정은 곳곳에 숨어 있다. 이는 특정인만이 리더일 수 있어서라기보다는 사람이기 때문에 누구나 가질 수 있는 자만에서 비롯되어 나올 수 있는 것들이다. 함정을 피하거나 재빨리 뛰쳐나오지 못할 경우 일이 어떻게 진행될지 말로 설명할 필요가 있을까?

통제 욕구

조직이 빛을 발하도록 만들기 위해 최대한 통제를 줄여야 한다. 항상 누군가를 통제하기 바쁜 사람은 훌륭한 리더가 될 수 없다.

많은 리더들에게서 보이는 중요한 욕구의 하나는 통제 욕구이다. 물론 통제 역할은 리더십의 일부에 속하지만 리더에게 나타나는 통제 욕구의 형태는 조직을 대상으로 계획을 통제하며 정보 시스템을 효율적으로 관리하려는 것이다.

통제되지 않은 집단이나 조직이 소기의 목표를 자발적으로 달성해 내리라고 생각하는 사람은 거의 없을 것이다. 따라서 목표 달성을 하는 데 있어 언제 어디에 있을지 모르는 돌발 상황을 대비하려면 적정 수준의 통제는 필수 불가결하겠지만, 통제에 집착한 나머지 부하들에게 지시할 수 있는 여유를 갖지 못하고 다른 사람과 원만한 관계를 유지하지 못하는 등 심각한 부작용을 초래하는 경우가 있다.

통제를 위해 위엄과 영향력, 권력, 권위 등을 한꺼번에 획득한 자신의 모습에서 희열을 느끼면서도 그들은 자신의 주변에 도움이 될 만한 사람들이 아무도 없다는 것을 깨닫고는 심한 무력감에 빠지기도 한다. 이러한 사람들은 지배와 복종을 원만하게 사용하지 못하는 어려운 문제를 안고 있다.

자신의 머릿속에 번득이는 환상이나 아이디어, 개념, 주제 등을 매력적이고 현실적인 대상으로 구체화시킬 수 있는 재능은 갖고 있더라도, 그들은 권위에 복종하지 못하고 규칙을 준수하는 데서 어려움을 느끼는 종류의 사람들이다. 그래서 자신이 처한 환경에 적응하지 못하면 독자적으로 환경을 창조하려 들며, 외부의 통제나 자신의 의사에 대한 침해에 대해서는 지나칠 정도로 신경을 곤두세운다.

또한 창의력이 있는 부하들에게 관용을 베풀지 못하여 자신이 그랬듯이 새로운 환경을 찾아 헤매게 된다. 조직이 소규모일 때는 통제로 인한 부작용이 드러나지 않는다. 그러나 규모가 커짐에 따라 이같은 지나친 간섭은 정보의 원만한 흐름을 방해하고 합리적인 의사결정을 좌절시키며 유능한 관리자들을 떠나게 만드는 요인으로 작용한다.

리더가 조직이 빛을 발하도록 만들기 위해서는 최대한 통제를 줄여야 한다. 리더는 다른 사람을 통제하고 이끌기보다는 능력을 부여하고 힘을 불어넣어주어야 한다. 지나친 통제는 부하를 수동적으로 만든다. 항상 누군가를 통제하기 바쁜 사람은 훌륭한 리더가 될 수 없다.

불신감

불신감은 통제 욕구와 밀접한 관계를 갖고 있다. 의심하는 경향이 짙은 사람들은 주위의 환경을 끊임없이 관찰하고 조사한다. 환경에 대한 주시는 변화에 민감하게 반응하여 피해를 사전에 예방하게 만들어주는 장점은 있다. 하지만 주위를 경계하는 데에 신경을 집중시키는 경우 현실을 직시할 수 있도록 해주는 균형감이 상실될 위험이 있다.

만일 조직 내의 다른 사람들이 리더가 자신들을 불신하고 있다는 것을 뚜렷이 알고 있을 경우라면, 그에 따라 하급자들의 두려움과 의심도 강하게 일어날 것이고, 서로 간에 불필요한 정치적 행동이 만연될지도 모른다. 따라서 이러한 방식으로 사람들을 지도하는 사람들은 눈에 보이는 허점을 막는 대신에 의심으로 인해 만족감과 사기의 저하를 초래할 수도 있음을 주지해야 한다.

리더가 되려면 바로 자신의 경력을 중시하는 만큼 조직과 인력 유지와 관리에 시간을 투자해야 한다는 것을 알아야 한다. 그렇게 하고 나면 신뢰가 쌓일 것이다. 또한 신뢰성은 리더의 일관성과 성실을 기초로 이루어진다. 리더가 동료나 부하들을 신뢰하지 않는다면 신뢰를 돌려받을 수가 없을 것이고, 신뢰를 얻지 못하면 사람들이 리더를 따르는 것이 아니라 리더가 사람들을 쫓아다니는 꼴이 되고 만다. 그래서 리더 자신과 자신의 능력, 동료, 미래에 관한 굳건한 상호신뢰감이 바탕이 되지 않는 한 리더십은 존속할 수가 없는 것이다.

신뢰 받는 리더

신뢰는 접착제이다

군주는 배이고 백성은 물이다. 물은 배를 띄울 수 있지만 파도를 일으켜 뒤집어 버릴 수도 있다. -당 태종-

신뢰는 리더와 따르는 사람을 함께 묶어주는 감성적인 접착제이다. 신뢰의 축적이야말로 리더십의 정당성을 측정하는 기준이다. 따라서 리더에게 신뢰는 생명과도 같은 것으로 리더는 신뢰의 화신이 돼야 한다.

신뢰를 받기 위해서는 말과 행동이 일치해야 한다. 기존 정치인들이 거짓말을 일삼고 언행일치가 결핍한 상황에서 언행일치은 신뢰감을 얻기 위한 첫 번째 요소이다. 진실함과 진정성을 보여야만 신뢰를 얻을 수 있다.

리더십은 사람과 사람의 관계 문제이기 때문에 신뢰의 형성은 대단히 중요하다. 리더와 구성원과의 관계는 상호 존중과 신뢰가 바탕이 되어야 한다. 신뢰감이 리더의 역할을 정당하게 해주는 원동력으로 리더의 업무 수행에 있어서 매우 중요하다. 신뢰의 축적이야말로 리더다움을 측정하는 기준이 된다.

리더는 구성원의 신뢰를 얻지 못하면 조직을 다스리는 기반이 지탱될 수 없으므로 리더의 지위도 사상누각이 되고 만다. 그러므로 리더에게 있어서 신뢰라는 것은 구성원과의 가장 단단한 연결고리인 것이다.

카리스마는 신뢰에서 나온다

신뢰감에서 카리스마가 분출된다. 카리스마라는 말은 본래 '은사(kharia)'를 뜻하는 그리스어에 기원을 두고 있다. 그것은 하나님으로부터 무엇인가를 부여받았다는, 즉 천부적으로 타고났다는 것을 의미한다. 지금은 지지와 수용을 촉

진시키는 대인적 매력의 한 형태로서 여겨지고 있다. 따라서 구성원들의 행동에 영향을 미치는 데 있어서 카리스마가 부족한 리더보다는 고도의 카리스마적 특성을 지닌 리더가 훨씬 성공적일 것이다.

신뢰감이 바탕이 된 카리스마가 있는 리더에 대하여 구성원들은 매력을 느끼고 그 리더가 말하거나 주장하는 것에 대하여 지지하고 받아들인다. 카리스마를 지닌 리더는 구성원들에게 믿음을 주고 조직과 구성원을 위하겠다는 신념을 가지고 열정적으로 일한다. 따라서 구성원들은 고도의 카리스마를 지닌 리더를 원한다.

카리스마를 지녔다고 해서 독선과 아집을 부려서는 안 된다. 카리스마와 권위주의는 다르다. 진정한 카리스마는 사과해야할 때 진정한 마음으로 사과하는 것이 카리스마를 유지하는 비결이다.

〈카리스마 리더십에 관한 이론〉을 발표했던 로버트 하우스는 카리스마를 가진 사람의 특징을 일곱 가지 항목으로 정리했다.

첫째, 믿음을 준다.

둘째, 신념을 갖고 있다.

셋째, 의심을 하지 않는다.

넷째, 모두에게 애정을 보인다.

다섯째, 열정을 갖고 임무를 완수한다.

여섯째, 목표를 확실하게 제시한다.

일곱째, 성공의 확신을 심어준다.

리더가 카리스마를 가지고 있다고 해서, 업무 수행 과정에서 잘못을 저질렀을 경우에 '유감'이라는 수사적인 표현이 아니라 구성원들에게 겸손하고 진정어린 마음으로 사과해야 한다. 리더가 구성원들에게 "잘못했습니다" 하고 말하는 것은 쉬운 일이 아니겠지만 잘못했을 때 자신의 잘못을 인정하고 구성원들에게 사과해야 한다. 용기를 가지고 열린 마음으로 구성원들에게 진심으로 사과할 때 구성원들은 마음을 풀고 리더를 따르게 될 것이다.

신뢰는 경쟁력이다

미래정치학자 프랜시스 후쿠야마는 "한 사회의 경쟁력은 결국 신뢰가 결정한다"고 말했다. 우리는 지금 서로를 믿지 못하는 불신의 사회에서 살고 있다. 이제 낮은 신뢰 사회에서 높은 신뢰 사회로 나아가야 한다.

평범한 사람들의 인간관계에 있어서도 상호 신뢰가 전제되어야 하는데 하물며 리더와 구성원과의 관계에 있어서는 두말할 나위가 없다.

리더의 리더십은 리더와 구성원 사이의 신뢰를 근간으로 해야 한다. 리더가 구성원들로부터 신뢰감을 얻으려면 진정성을 가지고 조직과 구성원을 위해 일하겠다는 자세가 선행되어야 한다. 일관성 있는 원칙을 가지고 구성원과의 약속을 지켜야 한다. 성실한 자세로 솔선수범하는 자세를 보여야 한다.

경청하는 리더

듣고 물어라

리더는 경청할 줄 알아야 한다. 리더는 스스로를 낮추면서 끊임없이 상대 이야기를 들어야 한다. 자신의 생각과 다른 생각을 듣기 때문에 새로운 아이디어를 얻거나 시정할 수 있는 것이다. 자기 생각을 고집하고 듣지 않으려 한다면 아무리 똑똑한 리더라도 편협해지고 바보가 되는 것이다.

그 사람의 입장에 서서 그 사람이 하는 말에 대해서 정확하게 이해를 해야 되고 혹시나 그 사람이 한 말을 제대로 이해하고 있는지 다시 나름대로 해석해서 물어보는 과정이 중요하다. 듣지 않고 말 잘하는 것보다 말을 못하더라도 잘 듣는 것이 중요하다.

어리석은 리더는 자기가 더 이상 들을 것이 없다고 한다. 자기의 단점을 끌어안고 어리석어지는 것이다. 현명한 리더는 항상 자기에게 단점이 있음을 생각해 나날이 좋아지지만, 어리석은 리더는 자기 단점을 옹호해 영원히 어리석어진다.

리더는 말하는 것 보다는 듣고 묻는 것에 더 노력해야 한다. 듣고 묻는 것을 통해서 구성원들이 스스로 자기들이 해야 할 일과 개선방안을 찾아내도록 해야 한다. 또 이 과정을 통해서 구성원들이 스스로 문제에 대한 대답을 찾아내도록 해야 한다. 이런 과정을 거치면 구성원들은 더 많은 책임감을 느끼게 되고 더 발전적인 방법까지 고안하게 된다. 나아가 구성원들은 업무와 관련된 기술과 독립심까지 배우게 된다.

허심탄회하게 만들어라

리더가 좋은 결정을 내리기 위해선 주변사람들이 어떤 말을 하는지 듣는 것보다 중요한 것은 없다. 내부 구성원들 간의 커뮤니케이션에 가장 큰 신경을 써야한다. 이때의 커뮤니케이션은 반드시 양방향이어야만 한다."

구성원들과 허심탄회하게 얘기하다 보면, 어디로 가야 할지, 어떻게 해야 할지 방향이 잡힌다. 상황 보고를 듣다 보면 어떤 계획을 수립해야 할지, 단초를 잡게 되는 경우가 많다.

보고받을 때에는 최대한 겸손하게, 최소한 하던 일을 멈추고 상대의 말을 들어야 한다. 그래야 상대의 역량을 온전하게 끄집어낼 수 있다. 사실 상사에게 "딴청 그만 하시고 제 얘기 좀 들어 보십시오"라고 말할 수 있는 부하가 몇이나 되겠는가? 이래서는 결코 실무자들도 자신의 역량을 펼칠 수 없다. 조직이 망하는 지름길이 따로 있는 게 아니다. 최상의 리더십은 자신보다 나은 실무 능력을 가진 부하의 역량을 최대화 시키는 것이다.

위기에서든 안정적인 상황에서든, 리더는 항상 겸손한 마음가짐으로 상황을 헤쳐 나가야 한다. 그만큼 많이 듣고 많이 생각하는 리더십이 중요하다.

때로는 반대 목소리를 들어라

리더는 다방면의 목소리를 경청해야 한다. '총명(聰明)하다'는 말에서 총은 '귀 밝은 총' 자이다. 즉 똑똑하고 현명하다는 것은 자신의 말과 의견을 내세우기 전에, 남의 얘기를 잘 들을 줄 알아야 한다는 것을 의미한다.

소통이 되려면 먼저 사안에 대한 인식과 관점이 공유되어야 한다. 그러려면 자신의 생각과 다른, 때로는 반대되는 생각을 들어야 조직의 발전을 기할 수 있는 리더십을 발휘할 수 있다. 이와 달리 자신의 생각을 고집하고 듣지 않는다면 아무리 똑똑한 리더라도 편협한 의사결정을 할 수밖에 없어 구성원들의 지지를 이끌어낼 수 없다.

현장의 목소리를 들어라

리더는 항상 귀를 열어 놓아야 한다. 어려울 때든 좋을 때든 구성원들의 목소리만큼 확실한 지표가 없다. 리더는 어려운 때일수록 최대한 구성원들의 이야기를 듣고, 또 들어야 한다. 여기에 해답이 있다.

특히 불확실성이 높아질수록 현장에 근무하는 구성원들의 목소리를 적극적으로 귀담아 들어야 한다. 이들은 현장의 상황을 파악하고 전하는 '현장의 전사(戰士)'들이기 때문이다.

어느 성공한 CEO의 듣는 자세는 어느 분야의 리더이건 많은 것을 생각하게 한다. 그는 매일 10개의 100원짜리 동전을 왼쪽 바지 주머니에 넣고서 한 명의 임직원이나 고객과 대화하고 그의 이야기를 충분히 들어주었다는 생각이 들면, 왼쪽 주머니에 있던 동전 하나를 오른쪽 주머니로 옮긴다. 매일 하루를 보낸 후 왼쪽에 있는 10개의 동전이 모두 오른쪽 주머니로 옮겨가면, 스스로 자신에게 만족한다고 한다. 그가 매일 스스로 이런 숙제를 하는 이유는 무엇보다 가장 중요한 게 구성원과 고객과의 대화라고 생각하기 때문이다.

소통하는 리더

소통 능력이 리더의 능력이다

소통 능력은 리더의 역량을 구성원들에게 효과적으로 전달하는 수단이다. 커뮤니케이션은 인간관계의 모든 것이다. 커뮤니케이션 능력이란 말을 잘하거나 자신의 의견을 정확하게 전달하는 능력만을 뜻하지는 않는다. 상대방의 이야기를 경청하고 그 의도를 정확하게 파악하는 능력이야말로 커뮤니케이션 능력의 절반 이상을 차지한다.

상대방의 의견을 존중하지 않고 나만의 시각이나 그릇의 크기로만 판단하는 것도 커뮤니케이션 능력의 부족함을 반증하는 것이다.

리더는 비전을 전달해 비전에 생명력을 불어넣는 능력을

가져야 한다. 조직 발전은 구성원들의 일을 통해 이루어지는 것이다. 따라서 이를 위해서는 각 구성원의 품성과 능력을 파악하고 거기에 맞는 업무 지시와 비전 제시가 필요하며 이 과정에서 커뮤니케이션 능력은 필수적이다. 아무리 올바른 철학과 능력을 가진 리더라도 자신의 뜻을 구성원들에게 제대로 알리고 이해시키지 못하면 리더로서의 자격이 없는 것이다.

조직이 추구하는 분명한 비전이 세워지면 커뮤니케이션을 통해 추진해야 한다. 아무리 비전이나 목표가 좋더라도 이를 구성원들과 소통하지 않고서는 아무것도 달성할 수 없기 때문이다.

현장과 소통하라

리더는 왜곡되지 않은 정보를 얻기 위해서, 많은 경우에 공식적인 의사소통 체계와 함께 직접 현장의 목소리를 듣고 자신의 생각을 전달할 필요가 있다. 아마도 이것은 공식적인 의사소통 체계만을 이용할 경우에는 올라오는 메시지가 리더에게 도달하는 과정에서 여러 가지 이유로 왜곡될 수 있기 때문이다. 따라서 리더는 공식적인 의사소통 채널과 함께 필요할 때 언제든지 현장의 살아있는 정보를 얻을 수 있도록 효과적인 의사소통 채널을 가동해야 한다.

이런 자세는 리더의 일하는 자세, 인격, 인간적인 면 등에 대해 알 수 없는 사람들, 즉 그를 가까이 대할 수 없는 분야에서 일하는 구성원도 비공식적 의사소통의 채널을 통해서 자신의 의견을 조직에 반영할 수 있다는 장점이 있다. 또한 그 과정을 통해 리더의 비전도 자연스럽게 조직의 맨 밑 부분까지 확산될 수 있다.

마음에 와 닿는 말을 하라

리더가 구성원들과의 의사소통에 있어서 중요한 것은 말을 어떻게 하느냐이다. 즉 리더는 구성원들의 마음에 와 닿는 연설을 할 수 있어야 한다. 이것은 단지 말을 유창하게 하는 것과는 다르다. 말의 진실성과 진정성을 가지고 실행과 실천을 통해 입증해야 구성원은 감동할 것이다.

구성원들의 마음을 사로잡기 위해서는 무엇보다도 진실해야 한다. 언행일치를 해야 리더의 권위도 극대화되는 것이다. 연설은 단순하고 이해하기 쉬우며 감정적으로 깊은 공감을 이끌어낼 수 있어야 한다. 때로는 구성원들의 이성이 아니라 감성에 호소할 수 있어야 한다. 구성원들은 논리보다는 감성을 자극할 때 더한 감동을 받는다.

새로운 관점을 내놓고 구성원들의 가치관을 변화시킬 수 있어야 한다. 리더는 구성원들의 생각과 태도와 느낌 등에 많은 영향을 미치고 때로는 구성원들의 마음을 바꾸게 한다. 리더는 구성원들의 마음을 얻기 위해 단어 하나까지 신중하게 골라 써야 한다.

리더에게 있어서 가장 중요한 일은 구성원의 마음을 얻는 일이다. 리더의 말은 비전을 정립하고 구성원들의 상상력과 열망을 장악해야 한다.

커뮤니케이션의 본질은 설득이 아니라 공감에 있다. 공감은 마음과 마음이 서로 통한 상태이다. 공감이 있어야 마음에서 동조가 우러나는 것이다. 공감대를 높이려면 상대방의 심정과 감정을 진심으로 이해하고, 필요를 파악하는 능력, 즉 '마음의 시력'을 가지고 진실한 마음으로 대해야 한다. 그래야 거기에서 친근감을 느끼면서 동조가 일어나는 것이다.

리더에게 있어서의 소통의 관건은 구성원들을 설득하느냐가 아니라 공감하게 하느냐에 달려있다.

포용력이 있는 리더

덕이 앞서야 한다

사람을 가르치기 위해서는 관용과 엄격함을 동시에 지녀야 한다. '엄격함이 50%, 관용이 50%'라는 말이 있다. 그러나 내 생각은 다르다. 관용과 엄격함이 반반이면 그냥 평범한 상태로 끝날 것이다. 나는 엄격함이 10%, 관용이 90%를 차지하는 게 적절하다고 생각한다. -마쓰시타 고노스케-

리더십이란 말 앞에는 흔히 '강력한'이라는 수식어가 따라붙곤 한다. 도대체 '강력하다'는 건 무얼 가리키나? 소수 의견에 좌고우면하지 않고, 반대를 무릅쓰고 과감히 결단을 내린 다음, 불도저처럼 밀고 나간다는 뜻으로 생각하는 사람이 많다. 하지만 이런 결단력보다는 포용과 관용을 베푼 리더십을 발휘해야 한다.

리더의 사회 지능은 곧 '덕(德)'이다. 조지 마셜은 별을 달기까지 자그마치 18년이 걸렸지만 제2차 세계대전 때는 영웅으로 칭송되었다. 그 후에도 그는 마셜 플랜의 계획자로 스스로를 자리매김했으며 나중에는 노벨 평화상까지 받았다.

이것들을 가능하게 한 것은 과연 무엇일까? 바로 덕이 있었기 때문이다. 조지 마셜은 사람을 대할 때 다음과 같은 세 가지 기본 원칙을 세웠다. '아랫사람을 명예롭게 하라. 한 번 맡긴 일에 대해 간섭하지 말라. 정직한 실수에 관용을 베풀라.'

덕승재(德勝才)는 덕이 재주를 앞서야 한다는 뜻이다. 상대를 긴장시키는 것도 중요하지만 더 중요한 것은 나를 긴장시키는 일이며, 상대의 긴장을 풀어주는 것이야말로 좋은 인간관계의 첩경임을 잊지 말아야 한다.

남을 너그럽게 받아들이는 사람은 사람들의 마음을 얻게 되고, 위엄과 무력으로 엄하게 다스리는 자는 노여움을 사게 된다. 행동을 할 때 소심해서는 안 되며 눈감을 줄도 알아야 한다. 의도적으로 매사에 따져드는 것은 장점이 아니다. 배포 있는 사람은 마음이 넓은 사람이다. 배포 있는 태도를 지녀야 한다.

감성 리더십을 발휘하라

무릇 진정한 리더라면 초심을 잃지 말아야 한다. 처음에 훌륭했던 자는 많지만 끝까지 훌륭한 행실을 이어간 이는 아주 적다. 창업할 때는 깊이 걱정하면서 성심성의껏 아랫사람을 대하지만 일단 뜻을 얻게 되면 방종해져 오만해지기 마련인 것이다.

리더는 균형을 잡는 사람으로 부하를 감동시켜야 한다. 특히 우리나라 사람들은 외국 사람들에 비해서 감성적인 측면이 강하므로 정서에 대한 이해와 포용력이 필요하다. 논리적으로는 이해가 되어도 감정적으로 받아들이기까지 시간이 걸리는 경우가 많기 때문이다. 따라서 정서적으로 포용하려는 '감성 리더십'을 발휘해야 한다.

마음을 훔치는 리더가 돼라

타고난 재능, 지식, 많은 학식, 이런 것들이 성공적인 리더를 보장하지 않는다. 대신, 남이 원하는 것을 포착하는 감각과 그것을 주려는 의지가 필요하다. 원하는 것을 찾아 최선을 다해 그것을 충족시켜준다면 그러한 배려를 고맙게 생각하지 않을 사람이 어디 있겠는가? -마틴 루터-

훌륭한 리더는 구성원들로 하여금 스스로 한직이 아니라 조직의 중심에서 일한다는 생각을 갖게 한다. 즉, 구성원 개개인이 조직의 성공을 위해 중요한 일을 하고 있다고 느끼게 하는 것이다. 이런 분위기 속에서 사람들은 자신이 중요한 존재라고 생각하며, 일에서 의미를 찾는다. -워렌 베니스-

사랑은 두려움 보다 나은 자극제이다. 구성원들의 능력을 최상으로 발휘하게 하는 방법은 그들을 인간적으로 대하고 존중하는 자세를 가져야 한다. 존중하는 마음으로 대하는 것, 이것은 올바른 행동일 뿐 아니라 조직과 구성원을 위해 반드시 필요하다.

가까운 사람을 감동시켜야 주변 사람들을 따르게 할 수 있다. 그러기 위해서는 머리가 아닌 가슴으로 대해야 한다. 가끔 속임을 당하거나 실망할 위험이 따르더라도 신뢰를 듬뿍 보내는 것이 무능하거나 성실하지 못하다고 생각하는 것보다 지혜로울 수 있다. 신뢰를 듬뿍 보내면 실망을 시키지 않기 위해서 나름대로 최선을 다하기 십상이다.

정서 에서지를 발산케 하라

조직 관리의 큰 트렌드는 인간, 영혼, 정신으로 이동하고 있다. 인간은 모두 정서와 감정을 가진 인격체이다. 모든 구성원을 인격체로 대해야만 '정서 에너지'라는 엄청난 동력을 이끌어 낼 수 있다.

무엇이 몰입과 헌신을 이끌어 내는가? 구성원의 열정과 몰입, 헌신을 어떻게 이끌어내느냐에 조직의 성패가 달려있다는 점을 고려할 때 '가슴을 울렁거리게 하는 비전', '구성원에 대한 존중', '흥미롭고 도전할 만한 과제', '칭찬과 경청'

이 중요하다. 일은 사람이 하는 것이다. 최선의 성과를 얻으려면 구성원을 움직여야 하므로 리더가 구성원을 감동시켜야 한다.

리더는 구성원간의 다양한 이해관계와 갈등을 포용하고 조정하면서 합의를 이끌어내어 건강한 조직을 만들어나가야 한다. 상대방의 의견을 존중하지 않고 자신의 시각이나 그릇의 크기로만 판단하지 말고 구성원의 의견을 존중해야 한다.

리더는 세상의 다양성을 인정하면서 자신만의 경험과 지식, 사색의 깊이와 폭이 한계가 있으므로 자신의 판단이 틀릴 수도 있다는 생각을 하고 유연한 사고방식을 가져야 한다.

책임을 지는 리더

성공은 아버지가 많지만 실패는 고아다

리더십이란 성실하고 고결한 성품 그 자체다. 리더십이란 잘못된 것에 대한 책임은 자신이 지고, 잘된 것에 대한 모든 공로는 부하에게 돌릴 줄 아는 것이다.

—아이젠하워 대통령—

사람 사이의 관계를 해치는 요인 중 하나는 인간의 기본 속성에서 찾을 수 있다. 사람에게는 일이 잘못되었을 때 자신에게서 원인을 찾기보다는 주위 환경이나 남의 탓을 하기 쉬운 본성이 있다.

데일 카네기의 《친구를 얻고 사람들에게 영향을 미치는 방법》을 보면 재미있는 이야기가 나온다. 연쇄 살인범 등 흉악범만 모아놓은 형무소에서 수감자들과 이야기를 해보면, 대부분의 죄인들이 자기 잘못보다는 주위 환경이나 다른 사람들 때문에 이 지경에 빠지게 되었다고 생각한다는 것이다. 누가 보더라도 명백한 잘못이 있는 사람들도 이렇게 생각한다면 보통 사람들은 더 말할 나위가 없을 것이다.

이러한 사례에서도 알 수 있듯이 자기가 잘못한 상황에서도 스스로를 합리화하고 주위 환경이나 다른 사람의 탓을 하는 것이 사람의 본성인 것 같다.

높은 자리에 있는 사람들이 그 자리에 맞는 대접만 받으려고 하고 막상 문제가 생겼을 때 그 해결은 아랫사람에게 맡기는 것은 비겁한 태도이다. 책임져야 할 상황이 발생했을 때에는 일단 리더부터 나서서 그 책임을 져야 한다.

러시아 속담에 '성공은 아버지가 많지만 실패는 고아다'는 말이 있다. 보통 사람들은 성공은 자기의 공으로, 실패는 타인에게 돌리는 것이 일반적이다. 좋은 리더는 책임질 때는 자기 몫 이상을 지고, 공을 세웠을 때는 자기 몫 이상을 다른 사람에게 돌린다. 오히려 그렇기 때문에 다른 사람의 마음을 사는 것이 의외로 쉬운 일이 될 수도 있다. '책임은 나에게, 성공의 공은 타인에게' 돌리는 것이 바로 리더이다.

리더의 세 가지 사고방식

리더들에게는 보통 사람에게서는 찾아볼 수 없는 세 가지 특별한 사고방식이 있다. 주도적이라는 것, 책임감이 강하다는 것 그리고 결과 지향적이라는 것이다.

리더들은 수동적이라기보다 주도적이고 적극적이다. 그들은 결단력 있게 생각하고 계획을 세우며 행동한다. 그들은 무언가 일어나기를 기다리지 않고 스스로 일을 벌인다. 필요하다면 언제든지 주도권을 잡고 목표를 달성할 때까지 결코 멈추지 않는다.

두 번째 특징은 책임감이다. 자신이 하는 모든 일에 대해서 철저히 책임을 진다. 변명 대신 책임을 택하여 성장의 기회로 삼으며, 자신의 문제로 다른 사람을 탓하지 않는다. 또한 불평하지 않으며, 비판하지도 경멸하지도 않는다. 대신 의연하게 "제 책임입니다"라고 말한다. 그들은 책임을 지고 일을 도맡아서 처리한다.

세 번째 특징은 결과 지향적이다. 부지런히 결과에 초점을 맞추면 앞으로 계속해서 나아가게 된다. 결과 지향성으로 인해 철저히 우선순위를 정하고 가장 가치 있는 업무에 치중하게 된다. 그리고 끊임없이 "나에게 기대되는 결과는 무엇인가?"라는 질문을 한다.

책임감이 있는 이가 역사의 주인이다

리더는 조직의 책임자로서 책임질 때는 자기 몫 이상을 지고, 공을 세웠을 때는 자기 몫 이상을 구성원들에게 돌려야 한다. 그렇게 하면 구성원들의 마음을 살 수 있다. '책임은 나에게'라는 정신이 큰 권한을 가지고 있는 리더에게 가장 큰 책임이 있다는 진리에 걸 맞는 것이다.

"책임감이 있는 이는 역사의 주인이요, 책임감이 없는 이는 역사의 객이다"라는 도산 안창호 선생의 말을 리더는 가슴속에 깊이 새겨야 한다. 구성원들로부터 신뢰를 받기 위해서는 소명의식에서 비롯된 책임감이 있어야 한다. 조직 내에서 업무의 혼선, 인사 난맥이 일어나는 것도 소명의식 부재에 따른 책임감 결여에서 비롯되는 것이다.

조직을 운영하다 보면 잘되는 경우도 있고 잘못되는 경우도 있다. 잘못되는 경우에는 그 원인이 분명히 있을 것이다. 의사결정권자인 리더의 판단 미스로 그런 결과가 빚어진 경우도 있고 여건이나 상황이 그런 결과를 초래했을 수도 있다.

책임을 져야할 상황이 발생했을 때에는 일단 리더부터 나서서 책임지는 자세를 보여야 한다.

자신에게 엄격한 리더

두려워 할 줄 알라

리더에게 가장 중요한 것은 두려워할 외(畏)자다. 벼슬살이에서 가장 중요한 점은 두려워할 외(畏) 한자뿐이다. 의(義)를 두려워하며 상관을 두려워하고 백성을 두려워하여 마음에 언제나 두려움을 간직하면, 혹시라도 방자하게 되지는 않을 것이니, 이로써 허물을 적게 할 수 있을 것이다.

–정약용 《목민심서》 에서–

두려움에 대한 공포 때문에 두려움에 맞서고, 두려움을 알기에 미리 삼가고 조심하게 된다. 결국 두려움이야말로 조직의 장기적인 생존에 필수요소라 할 수 있다. 항상 모든 것에 두려워 할 줄 아는 자세는 모든 리더에게 공통적으로 요구된다.

리더는 구성원들의 눈을 두려워하면서 미리 삼가고 조심해야 한다. 구성원들은 두려움을 모르는 리더가 아니라 두려워 할 줄 아는 리더를 존경하고 따른다.

유혹을 떨쳐내라

마음과 몸을 함께 닦는다는 뜻의 심지쌍수 또한 리더의 덕목이다. 율곡 이이와 퇴계 이황은 한결같이 '홀로 있을 때조차 신중하라'는 신독(愼獨)을 강조했다.

인간은 누구나 유혹에 현혹당하기 쉽다. 자기 수양에 철저하지 못하고 외부의 유혹을 다스리지 않으면 무서운 결과를 낳는 것이다.

리더는 자기 자신을 가장 경계하면서 유혹을 떨쳐낼 수 있어야 한다. 리더라는 자리는 스스로 경계하면서 외롭고 힘겨운 상태를 유지하면서 업무를 수행해야 한다. 누구나 번뇌와 잡념은 있지만 그 잡념을 떨쳐낼 수 있는 사람만이 리더가 된다.

리더는 비판받기 마련이다

리더는 비판에 익숙해야 한다. 건설적인 비판을 받아들이지 않는 리더는 칭찬 받기도 어려운 법이다. 비판이 두렵거나 싫으면 리더 자리에 오를 생각을 말아야 한다. 리더에게는 필연적으로 비판이 따르게 마련이므로 비판 내용을 분석하여 건설적인 비판은 받아들여 반영해야 한다.

리더에게 내부적으로 직언해 주는 시스템을 만드는 것이 조직 발전을 위해 중요하다. 사심이 아닌 조직을 위한 건설적인 비판을 할 수 있는 시스템은 발전을 위해 꼭 필요한 자산이다. 그런 시스템이 없다면 매우 심각한 위기를 맞이할 수도 있다.

조직에 창조와 혁신의 분위기를 조성하고 바람을 불어넣기 위해서는 리더에게 아부하는 자가 아니라 당당하게 반대적인 소신을 말하는 행동주의자를 끌어안아야 한다. 하지만 만약에 이 행동주의자가 궤변으로 무장한 묘한 논리를 내세우면서 소신을 가장한 독선이나 아집을 내세우고 있는 것은 아닌지 경계하고 조심해야 한다. 이런 사람의 논리를 받아들이면 조직의 발전에 큰 저해요소로 작용한다.

부족한 부분을 인정하라

어떤 일을 도모하려면 머리만, 가슴만, 또는 열정만으로는 불가능하다. 이때는 지략도 필요하다. 그런가 하면 리더는 남에게는 관대하고 자신에게는 엄격할 필요가 있다.

자신이 잘하지 못하는 것을 과감히 그리고 정확하게 인정하는 태도는 무척 중요하며, 이것은 리더의 중요한 재능 중 하나이다. 언뜻 생각하기에 자신이 못하는 부분이 무엇인지를 안다는 것은 아주 쉬워 보이겠지만 생각보다 쉽지 않다. 자신이 잘하지 못하는 부분을 제대로 알기 위해서는 먼저 그 일에 대해 전반적으로 알고 있어야 하기 때문이다.

매너리즘을 경계하라

리더가 경계해야 할 것은 매너리즘이다. 리더가 매너리즘에 빠지면 조직에 매너리즘이 만연할 수밖에 없다. 매너리즘에 빠지지 않도록 늘 경계해야 한다.

어떤 음모 과제에 대하여 고집과 애착을 버리고 객관적인 시각에서 바라보아야 한다. 의사결정에 있어서 감각적인 판단을 경계해야 한다. 자신에 대한 칭찬을 경계해야 한다. 그 환호는 언제 비난으로 바뀔지 모른다.

칭찬과 비난을 너무 의식하지 말고 업무에 최선을 다해 결실을 맺으면 그것으로 리더로서의 보람을 느끼면 되는 것이다. 물론 조직 발전을 위한 제안과 사실에 근거한 비판에 대해서는 겸허하게 받아들여야 한다. 최선을 다하면서 그에 대한 평가는 구성원에게 맡긴다는 각오로 임해야 한다.

솔선수범하는 리더

모범의 위력

리더는 조직의 거울이다. 부하들은 자신들의 행동방식, 심지어 사고방식까지도 리더를 판단의 기준으로 삼는다. 어느 정도로 헌신적이고 얼마나 노력해야 하는지, 어느 선까지 예의를 갖춰야 하고 얼마만큼 정직해야 하는지 등을 모두 리더의 모습에 비춰 결정한다. 리더는 부하들의 인생과 성공에 큰 영향을 끼칠 수밖에 없다.

-딘 토즈볼드 & 메리 토즈볼드《리더십의 심리학》에서-

모범을 보이는 것은 다른 사람에게 영향을 미치는 가장 좋은 방법이 아니다. 그것은 유일한 방법이다. -알베르트 슈바이처-

인간의 두뇌에는 다른 누군가의 행동을 보고 흉내 낼 때 관여하는 '거울 신경세포'라는 세포 조직이 있어 다른 사람의 행동을 수동적으로 바라보는 데 그치지 않고 그 모습을 '의식'속에서 행동으로 옮긴다. 심리학자들은 이를 '모범의 위력'이라고 부른다. 솔선수범은 가장 좋은 교육 방법이다. 솔선수범에는 충성심으로 보답한다.

부하를 단속하려면 먼저 자기 행실을 올바르게 가져야 한다. 자신이 올바르게 행동하면 엄명을 내리지 않아도 지시대로 움직일 것이며 자신이 부정한 행동을 하면 아무리 엄명을 내려도 듣지 않을 것이다.

부하들은 말이 아닌 몸으로 가르치는 리더를 따른다. 먼저 부하들을 신명나게 하고 리더가 앞장서면 부하에게 힘든 일을 시켜도 자신들의 노고를 잊고 분발한다.

리더는 권한 행사보다는 솔선수범과 책임지는 자세를 취해야 한다. 부하에게 무엇을 해달라고 할 때에는 솔선수범해야 한다. 해 보이고, 말하고, 들려주고, 시키고, 책임져야 하는 것이다.

현장을 중시하는 리더

맨 꼭대기에 앉아서 명령만 내리려고 하지 말라. 직접 뛰어들어 일이 돌아가는 전체 과정을 알고 활력을 불어넣어 주면서 임무를 완수하도록 격려하고 전투 정신을 주입해 주어라. 사람들이 좋은 일을 한다는 마음을 품게 해라.

—헨리 민츠버그—

리더가 솔선수범하지 않고 일선에서 지휘를 하지 않을 때 조직은 고통당하게 된다. 신뢰가 무너지고 낭설이 무성하며 새로운 시도는 거센 반발에 부딪히고, 구성원들은 자기를 지키기에 바쁘고 두려움에 떨게 된다. 사기가 바닥까지 떨어진 조직의 특징적 현상이다.

높은 사기와 헌신은 일을 성사하게 하는 원동력으로 그것을 이끌어 내는 것은 리더의 고유한 역할이다. 리더는 솔선수범하면서 직접 현장으로 나가서 구성원들을 상대하고 그들의 이야기를 듣고 업무에 반영해야 한다.

최고의 군대 지휘관들은 항상 전장의 최전방에까지 직접

가서 병사들과 함께 현장을 보고 느끼려고 한다. 마찬가지로 리더는 정기적으로 현장의 구성원들의 이야기에 귀를 기울여 보다 나은 조직의 발전을 위해 무엇을 개선해야 하는지를 파악해야 한다.

구호만 남발하지 마라

리더가 솔선수범하는 행동이나 실천 없이 구호만 내세우면 구성원들은 리더의 진정성을 받아들이지 않는다. 미사여구로 만들어진 구호만 남발해서는 안 된다. 좋은 말만 따다가 헛구호만 만들지 말고 언행일치로 솔선수범할 때 구성원들은 감동한다.

구성원들이 감동하여 신이 나면 조직발전에 엄청난 에너지가 된다. 구성원들을 신명나게 하려면 리더가 신뢰감을 주어 존경을 받으면서 구성원의 마음을 얻어야 한다.

리더가 솔선수범을 보여야 신뢰를 쌓을 수 있다. 리더는 조직의 거울이다. 구성원들의 행동양식, 심지어 사고방식까지도 리더가 하는 행동을 기준으로 삼는다. 어느 정도로 헌신적이고 얼마나 노력해야 하는지, 얼마만큼 정직해야 하는지 등을 리더의 모습에 비춰 결정한다.

리더의 행동은 이처럼 큰 영향을 끼치는 것으로 솔선수범해야 한다. 구성원들은 리더가 솔선수범하면 충성심으로 보답한다. 조직이 어려울 때 리더가 앞장서서 솔선수범을 보이면 구성원들은 고통을 감내하며 분발한다. 리더는 조직 발전과 구성원들의 삶에 도움이 되는 사람이 되기 위해 노력하는 모습을 솔선수범해야 한다.

변화를 주도하고 혁신하는 리더

변화와 혁신을 환영하라

피터 드러커의 말처럼 우리는 '단절의 시대'에 살고 있다. 이것은 과거의 방식이 계속적으로 통하지 않는다는 말이다. 이런 시대에 조직 발전을 이루기 위해서는 끊임없는 개혁과 혁신이 필요하다. 그럼에도 구성원들은 평소 개혁을 부르짖다가 막상 자신에게 불리하게 개혁 상황이 오면 이에 저항한다.

세계는 빠른 속도로 변화하고 있으며 예측불허이다. 이런 변화가 조직의 생존을 과거보다 더욱 어렵게 만들고 있다. 지금의 상황에서 과거의 사고방식이나 행동방식을 고집한다면 생존하기는 더욱더 어려워질 것이다.

현대사회에서는 고도의 지식정보가 넘실거린다. 이런 상황과 물결이 조직 관리를 더욱 어렵게 만들 수 있다. 리더는 이런 흐름에 적응하고 추진력 있게 대처해가는 역량을 필요로 한다. 과거의 사고방식이나 행동방식을 고집한다면 조직 발전은 정체되거나 후퇴할 것이다.

리더는 이런 시대상황에 부응할 수 있는 창의력과 혁신을 통해 실용주의 정신을 발휘해야 한다. 창의력과 혁신은 기업의 전유물이 아니다. 한 번 정해 놓으면 쉽사리 바뀌지 않는 관료사회가 가장 창의력과 혁신이 요구되는 곳이다.

개인적으로나 조직에서나 과거에는 조직이 반기를 들고 저항해왔던 변화와 혁신을 적극적으로 환영해야 한다. 그리고 끊임없는 변화에 능동적으로 대처하려면 조직의 역량이 적극적으로 배양되어야 한다. 그러므로 조직 스스로가 변화할 수 있는 역량을 창출해야 한다. 따라서 조직이 가장 먼저 해야 할 임무 중의 하나는 모든 사람에게 혁신을 강조하고 강력히 요구하며, 그들이 그것을 기꺼이 받아들이도록 만드는 일이다.

끊임없이 노를 저어라

세상에서 변하지 않는 것은 '변하지 않는 것은 없다'는 말뿐이라는 이야기가 있듯이 세상에서 살아남기 위해서는 끊임없이 변화하지 않으면 안 된다. 개인이나 기업이나 국가도 변화하지 않으면 퇴보하고 죽어갈 수밖에 없는 것이다.

개혁이나 변화에는 고통이 따르기 마련이다. 개혁하고 혁신하는데 있어서는 욕먹을 각오를 해야 한다. 개혁이라는 것이 그렇게 어렵다. 사람은 원래 자기 방어와 자기 합리화에 능해서 스스로 변화하지 않으려고 한다. 변화에 대해서 본능적으로 불안과 공포를 느끼게 마련이다. 또한 변화해야 하는 이유를 머리로는 이해한 다음에도 마음으로 받아들이기까지는 시간을 필요로 한다. 내부의 저항, 이익단체의 각종 로비로 인하여 개혁과 혁신에 제동이 걸리는 것이다.

변화에 따른 개혁은 장기간에 걸쳐 꾸준히 시행되어야 한다. 세상은 계속 변하고 있으므로 개혁에는 끝이 없다. 개혁을 해야 할 때는 근본적인 개혁을 단행해야 한다. 고통을 감내하면서 정면으로 문제를 해결해야지 일시적으로 반짝하는 미봉책을 시행해서는 안 된다.

조직의 생존과 발전을 위해서는 작은 혁신도 소중히 여겨야 한다. 배를 타고 강을 거슬러 올라가는 모습을 생각해 보라. 그러한 상황에서 정체는 곧 후퇴를 의미한다. 조직이 이러한 환경에 직면해 있다면, 리더는 끊임없이 노를 저어가는 모습을 보여주어야 하지 않겠는가?

리더는 변화에 적응하고 변화를 추구해야 한다. 새로움에 적극적으로 적응하려는 태도는 눈앞에 닥친 문제 해결에 많은 도움이 된다.

유연성과 융통성을 발휘하라

리더는 세상에서 일어나는 변화의 양상을 면밀히 살피고 선제적으로 대처해야 한다. 세상은 급변하고 있다. 변화는 변수가 아니라 상수로 모든 사물과 상황이 계속 변화하고 있다. 이에 대하여 어떻게 대처하는가는 대단히 중요하며 조직 발전과 직결된다.

변화는 구호가 아니라 실천이다. 리더는 급변하는 상황에 능동적으로 대처할 수 있도록 그 동안 성공적으로 수행되고 있던 전략이나 관리 체계라 할지라도 창조와 개혁의 방향으로 선회할 수 있는 사고의 유연성을 발휘해야 한다.

리더는 변화하는 환경에 적응하고, 추진력 있게 변화에 대처해가는 역량을 가지고 있어야 한다. 이때 유연성과 융통성 발휘가 필요하다. 유연성과 융통성은 조직에 새로운 아이디어를 도입하고 상황에 따라 그것을 변화시켜 나가는데도 필수적으로 요구되는 자질이라고 할 수 있다.

리더는 조직 발전을 위해 총괄적으로 업무를 수행해야 하며 동시다발적으로 영속적으로 수행해야 한다. 이러한 여러 사안에 대하여 의사결정을 한 번 하면 끝나는 것이 아니라 끊임없이 변화하는 상황에 따라 수시로 최적의 판단을 하면서 바꾸어 나가야 한다.

창의성을 추구하는 리더

창의성이란 무엇인가

창의성은 남들이 당연시하거나, 이미 해답이 나온 것에 대해서 다시 한 번 의문을 가지고 이미 하고 있는 것을 흉내 내지 않는데서 시작된다.

창의성은 문제를 해결하는 데 있어서 독창적인 해결 방법을 찾고 문제를 통찰력 있게 볼 수 있도록 하는 능력이다. 기존에 없었던 것을 제시할 뿐만 아니라 기존에 존재하는 것도 전혀 새로운 시각에서 볼 수 있게 함으로써 기존의 것을 활용하고 발전시킬 수 있는 능력이기도 하다.

창의성은 이전에 경험한 적이 없는 돌발 상황에 맞닥뜨리게 될 경우, 문제를 해석하고 해결하는 과정에서 보다 효과적인 해결책을 찾을 수 있도록 해주는 자질이다.

새로운 것을 발견하는 것도 중요하지만, 그것 못지않게 상황을 꿰뚫어 볼 수 있는 통찰력 또한 창의성의 중요한 일부분이다.

성공적인 조직을 만들기 원하는 리더라면 자신의 눈에 익숙하게 들어오는 것들을 새로운 눈으로 보는 훈련을 해야 한다.

창의적인 행동주의자가 돼라

미래는 행동주의자의 것이다. 공상가와 상상가를 구분하는 기준은 '행동' 여부에 달려있다. 아무리 혁신적인 아이디어를 가지고 있다고 하더라도 실제로 움직이지 않으면 공상에 그치고 만다. 그런 공상가들은 도처에 널려 있지만 아무것도 바꾸지 못한다.

행동주의자가 되기 위해 필요한 것은 상상력과 새로운 것에 대한 열정과 끈기가 필요하다, 세상의 변화는 상상을 현실로 만드는 사람들에 의해 이루어지고 있다.

미래를 창조하기 원하는 조직은 구성원들이 마음 놓고 상상한 것들을 행동할 수 있도록 개방과 공유, 정직이라는 가치가 우선되는 환경을 조성해 주어야만 한다.

조직 환경이 예측불허인 오늘날의 경우 리더 한 사람만의 창의성으로는 조직의 경쟁력을 보장할 수가 없다. 또 현재의 리더가 뛰어난 창의성을 지니고 있다 하더라도 그것은 그 개인의 것일 뿐 구성원 모두가 창의성이 뛰어난 것은 아니다. 결국 구성원 모두가 제도적인 장치를 통해서 지속적으로 창의력 향상에 자극 받지 않으면 리더 한 사람에 의한 조직의 창의성은 유지될 수가 없다.

구성원들이 창의성을 시험할 수 있도록 보장하는 경우에 서로에게 유쾌한 경쟁과 자극제가 되어 문제해결의 효과를 더욱 높일 수 있을 것이다.

자신이 관리하는 조직이 창의성이 결여되어 있다고 생각하는 리더라면, 조직 구성원들이 창조적인 아이디어를 내놓을 수 있도록 격려하고, 그러한 활동을 하는 데 어려움이 없도록 제도적인 장치를 다각적으로 마련해 놓는 등 노력을 게을리 하지 말아야 한다.

창의와 혁신의 바람을 불어넣어라

리더는 주어진 일을 처리하는 관리자가 아니다. 끊임없이 새로운 방법, 새로운 시도를 통해 조직에 창의와 혁신의 바람을 불어넣어 그 바람이 전 구성원들에게 퍼지도록 독려해야 한다. 그래야 조직 발전을 위한 아이디어가 끊임없이 창출된다.

복잡다단한 업무 수행 과정에서 리더가 창의성을 발휘하여 새로운 것의 발견과 제시를 하기는 쉽지 않을 것이다. 그렇기 때문에 상황을 꿰뚫어 보는 통찰력을 발휘해야 한다. 창의와 혁신의 개혁적인 리더는 자신의 눈에 익숙하게 들어오는 것들을 새로운 눈으로 바라본다. 구성원들이 창조적인 아이디어를 내놓을 수 있는 분위기와 상황을 앞장서서 만든다.

상황 판단한다고 시간 끌고 탁상공론하면서 내놓는 아이디어가 새로울 것도 없는 예상된 내용이나 재탕 삼탕한 것을 내놓게 해서는 안 된다.

구성원은 변화를 꺼리고 변화하지 않으려고 한다. 이런 조직에 일대 창조와 혁신의 바람을 일으켜야 한다. 리더는 끊임없이 구성원들에게 "발상의 전환이 아니라 때로는 발상을 파괴하라. 단순한 아이디어가 아니라 감동시키는 아이디어를 창조하라"고 말해야 한다.

스티브 잡스에게서 배워라

리더는 가장 치열한 경쟁을 벌이고 있는 기업에서 창조와 혁신 사례를 배워야 한다. 리더가 스티브 잡스처럼 발명가가 되라는 것은 아니지만 이런 창조적인 마인드를 가지고 조직을 경영해야 한다.

'경제에 디자인과 창의성을 도입한 인물' '세상에서 가장 창의적인 경영자'는 전 세계 언론과 경영학자들이 애플 컴퓨터의 창업자이자 전 CEO인 고 스티브 잡스에게 헌상한 수식어다.

22세 때인 1977년 세계 최초의 개인용 컴퓨터 '애플', 그 후 최초의 3D 디지털 애니메이션 '토이 스토리', MP3플레이어 '아이팟'과 온라인 음악 서비스 '아이튠스', 스마트폰인 '아이폰'. 그가 창안한 제품과 서비스는 세상을 뒤흔들었다.

그는 단순히 제품을 만들어 파는 사업가가 아니었다. 기성

체제에 얽매이지 않고, 이루고자 하는 꿈에 매달리는 잡스의 집중력과 추진력은 기업경영에 고스란히 반영됐다.

그는 창의성과 상상력을 강조하면서 임직원들에게 끊임없이 '주문'을 걸었다. "다르게 생각하라", "미칠 정도로 멋진 제품을 창조하라", "단순한 제품을 넘어 시대를 상징하는 '아이콘(icon:우상)'을 만들자", "즐기면서 일하자"는 화두를 던지면서 직원들을 사로잡았다.

그는 '창조경영'으로 세계인의 생활양식과 문화 자체를 바꾼 디지털 혁명가였다. 다가올 시대에 대한 확고한 비전과 상상력, 비전을 설득하고 실현해내는 창조적 리더십이 그를 이 시대 가장 위대한 경영자로 만들었다.

리더는 어떻게 창의성을 창출시킬 것인지를 고민하고 실행하는 리더십을 발휘해야 한다. 장기적인 관점에서 조직의 어젠다를 정하여 조직에 스티브 잡스가 추구한 것과 같은 창조와 혁신의 바람을 집어넣어야 한다.

비전을 제시하는 리더

비전을 공유하라

비전은 내다보이는 장래의 밝은 전망이나 이상, 꿈을 말한다. 비전은 미래에 대한 통찰력과 장기 목표를 갖는 것이며 장기적 이익을 위해 당장의 손해를 감수할 수 있는 용기를 가지고 실천해 나가는 끈기를 포괄하는 개념이다. 비전은 아직 보이지 않는 것을 미리 보고 이를 향해 힘을 한 군데로 결집시켜 나가는 것이다.

비전은 깜깜한 밤에 길을 걷는데 있어서 방향을 알려주는 밤하늘의 북극성과 같은 것이다. 비전과 방향을 분명하게 제시하고, 조직과 관련된 모든 사람의 관심을 집중시키는 것이다.

비전 없는 구성원들은 스스로 창조해야 할 미래에 대해 아무런 고민 없이 자신에게 닥친 일만을 하며, 단조로운 일상에 젖어 매일 매일을 보낼 뿐이다.

비전은 거창한 구호나 단순한 선전문구가 아니다. 조직이 가야 할 방향은 무엇인지, 구성원들이 어떻게 행동해야 하는지에 대한 강력한 메시지를 담고 있어야 효과적인 비전이 될 수 있다.

비전을 명확히 제시하고 공유하는 것이야말로 리더가 해야 할 중요한 책임이다. 구성원들에게 비전을 명확히 제시하고 공유하는 능력을 가지고 있어야 한다.

드림 소사이어티에서의 스토리텔링

지금은 컴퓨터와 인터넷으로 대변되는 정보화 사회에 살고 있다. 그러나 이제 또 다른 형태의 사회를 맞아하고 있다. 바로 드림 소사이어티다. 이것은 신화와 꿈, 이야기를 바탕으로 한 새로운 사회다. 이런 맥락에서 이성이 아니라 감성에 호소할 수 있어야 한다.

드림 소사이어티의 리더에게는 강력한 스토리텔링 능력이

필요하다. 이것은 단지 말을 유창하게 하는 것과는 다르다. 여기서의 스토리텔링이란 꿈과 감성이 버무려진 이야기를 잘 전달하는 것이다.

한 조직을 10년 뒤에도 살아남게 하려면 그 안에 이야기가 있어야 한다. 즉 조직을 한 마디로 정의를 내리고 그 미래를 보여줄 수 있는 뭔가가 있어야만 조직도 지속적으로 성장할 수 있다.

최고의 심리학자이자 교육학자인 하워드 가드너는 문화인류학자 마거릿 미드처럼 기존의 지배적인 이야기에 대항하는 새로운 관점을 내놓는 사람이야말로 진정한 리더라고 보았다. 리더는 새로운 이야기로 사람들의 가치관을 변화시킬 수 있어야 한다.

가드너는 저서 《이끄는 마음》에서 '스토리텔러로서의 리더'를 강조한다. 리더는 다른 사람들의 생각과 태도와 느낌 등에 크고 작은 영향을 미친다. 한 마디로 리더란 사람의 마음을 바꾸는 사람을 의미한다. 그리고 사람의 마음을 변화시키는데 가장 적합한 도구는 다름 아닌 이야기다. 즉 모든 리더는 스토리텔러가 되어야 한다. 때문에 가드너는 "진정한 리더가 되려거든 스토리텔러가 돼라!"고 말한다.

리더의 유형은 3가지다. 전통적인 이야기를 그대로 재현하는 리더, 전통적인 이야기를 새롭게 각색하는 리더, 그리고 완전히 새로운 이야기를 창조하는 리더다. 물론 가장 강력한 리더는 세 번째 리더, 즉 완전히 새로운 이야기를 창조해내고 이것을 통해 사람들을 변화시키는 리더다.

리더는 새로운 이야기를 창조하면서 조직의 비전을 한마디로 정리할 수 있어야 한다. 즉 캐치프레이즈를 창조할 수 있어야 한다. 이처럼 많은 이들의 마음을 사로잡는 이야기는 무엇보다도 극적인 구성을 가져야 한다. 즉 동기를 유발시킬 수 있는 이야기여야 하고, 기억하기 쉬워야 하며, 다채로워야 할 뿐만 아니라 무엇보다 진실해야 한다. 그리고 그 이야기의 진실성과 진정성을 실행과 실천을 통해 입증해야 한다.

실행과 실천 없는 이야기는 공허한 것에 불과하기 때문이다. 자신이 만든 이야기를 실천할 수 있을 때 그 스토리텔링의 파워와 리더십의 힘도 극대화되는 것이다.

비전은 분명하고 정확해야

리더는 미래를 위한 원대한 비전을 제시하면서 구성원들을 통합하여 한 방향으로 나갈 수 있는 지도력을 발휘해야 한다. 구성원들이 무엇을 해야 하고, 무엇을 할 수 있는지에 대하여 분명하고 정확한 비전을 가지고 있어야 한다. 비전을 명확히 제시하여 구성원들의 관심을 집중시킬 수 있어야 한다.

비전은 구성원들이 공감하는 시대정신이어야 한다. 리더가 제시해야 할 비전은 거창한 구호가 아니다. 조직이 가야할 방향이 어디인지, 구성원들이 조직과 자신의 발전을 위해 해야 할 일이 무엇이며 어떻게 행동해야 하는지에 대한 강력한 메시지를 담고 있어야 한다. 중요한 과제를 제기하고 큰 가치를 추구하는 행동을 하게 해야 한다.

비전은 단기적인 시각이 아니라 장기적인 시각으로 보아야 한다. 눈앞의 보이는 이익보다는 장기적인 관점에서 판단하고 차근차근 실행해 나가는 것이 조직 발전의 기본이 되어야 한다.

최선을 다하는 리더

열심히 하는 것이 중요하다

사람은 어떤 환경에서도 항상 자신에게 주어진 일에 최선을 다하며 살아야 한다. 어떤 일을 하는 것이 중요한 것이 아니라 그 일을 어떠한 태도를 가지고 얼마나 열심히 하느냐가 중요하다. 리더가 성실한 자세로 최선을 다해야 조직도 단단해진다. 리더가 뜨거워지면 조직도 뜨거워진다.

세계 최고의 기타를 만드는 회사 후지겐의 요코우치 유이치로 회장 자서전 《열정이 운명을 이긴다》에 나오는 이야기이다.

"저온에서 구운 도자기에 비해 고온에서 구운 도자기는 비교할 수 없을 만큼 강하다네. 도자기를 고온에서 구우면 석

영을 비롯한 도자기 원료들이 완전히 녹으면서 융합하여 하나의 강력한 덩어리가 되네. 물 한 방울 새지 않는 강한 도자기가 되는 거지."

도자기를 응시하며 말하던 스승은 시선을 돌려 나를 뚫어져라 바라보았다.

"이게 바로 자네가 배워야 할 점이야. 자네가 뜨겁게 불타올라야 자네를 따르는 사람들도 그 힘을 빌려 하나로 뭉칠 수 있다네. 리더가 스스로 뜨거워지지 않으면 그 조직은 약한 외부 충격에도 쉽게 깨지는 허약한 조직이 되고 말지. 자네를 뜨겁게 하는 것이 무엇인지는 스스로 생각해보게나."

나는 머리를 한 대 얻어맞은 것 같은 충격과 감동을 받았다.

리더는 주변 사람들을 뜨겁게 할 정도의 열정을 가지고 있어야 한다.

꾸준히 자신을 계발하라

리더는 조직 전반에 걸친 폭넓은 지식을 가지고 있어야 한다. 시대의 흐름을 파악하여 그 흐름을 받아들이는 리더십을 발휘해야 한다. 급변하는 상황에 대하여 수시로 대처하는 적절한 대책을 마련해야 하고, 이를 효율적으로 집행할 수 있는 체계를 갖추어야 하며, 바람직한 조직 문화를 계발하고 이를 정착시켜야 하며 구성원들의 위상과 사기를 높이는 데까지 폭넓은 관심을 기울여야 한다.

리더는 리더라는 지위에 만족해서는 안 되며 지속적인 자기 계발을 하면서 선진 리더십 사례를 과감히 받아들여야 한다. 그렇지 않으면 근거 없는 고집과 아집에 의해서 조직 발전이 이루어질 수 없다.

조직 여러 사항에 대하여 최종 의사결정권자인 리더가 지적 능력을 갖추고 있지 않다면 부하들은 불안해 할 것이며 그가 추진하는 방향에 대하여 불신하게 될 것이다. 이렇게 되면 구성원들로부터 신뢰를 얻기 어려울 것이다.

리더는 폭넓은 지식과 어느 정도의 전문지식이 있어야 한다. 수시로 발생하는 각종 사안에 대한 핵심을 파악할 수 있는 학습 능력을 갖추고 있어야 한다. 그래야 구성원들이 보고하는 내용을 그대로 받아들이는 것이 아니라 적절한 질문을 통해 업무에 대해 능동적인 대처를 할 수 있는 것이다.

실행하는 리더

리더십은 행동이다

실패하는 리더의 70%는 단 하나의 치명적인 약점을 가지고 있다. 그것은 바로 실행력의 부족이다. 오늘날 미국 경영자의 95%가 옳은 말을 하고 5% 만이 옳은 일을 실행에 옮긴다.

-포춘지-

하버드대 마티 린스키 교수는 '실행의 리더십(exercise leadership)'을 강조하면서 "리더가 되는 것도 중요하지만 문제를 풀어가는 과정을 행동으로 옮기는 리더십을 갖추는 것이 훨씬 더 중요하다"는 지론을 폈다.

리더십은 한마디로 행동이다. 중요한 문제를 제기하고 더 큰 가치를 추구하며 묵은 갈등을 해결하는 행동을 의미한다. 바람직한 리더십은 행동에 옮겨져야 한다.

지위가 높은 리더일수록 리더십을 행사할 수 있는 기회와 위치를 더 많이 더 크게 가진 사람이다. 실행의 리더십을 발휘하기 위해서는 구성원들의 요구와 상황변화를 파악하여 그에 맞게 조직을 이끌어가는 능력이 중요하다. 이를 위해 가장 중요한 것은 '관계'이다. 올바른 관계를 정립해 상황 변화를 파악한 뒤 행동으로 옮겨야 하기 때문이다.

실행력이 뒤따르지 않는 리더의 말에는 형식적, 선언적, 이벤트성 멘트가 많다. 구성원들은 경험에 의해 리더 언행의 진실성 여부를 알아채고, 그것에 맞춰 행동한다. 언행일치가 안 되면, 신뢰가 깨지고 그렇게 되면 리더로서의 역할을 전혀 할 수 없음을 명심해야 한다.

설익은 아이디어는 내놓지 마라

리더의 조직에 대한 영향력은 매우 크다. 리더십 발휘는 행동으로 나타난다. 중요한 문제를 제기하고 더 큰 가치를 추구하며 묵은 갈등을 해결하는 행동을 의미한다.

실패하는 리더는 말만하고 실행에 옮기지 않거나 실행력 부족의 약점을 가지고 있다. 리더는 언행일치하면서 행동으로 옮겨야 한다. 그래야 구성원들의 신뢰가 축적된다. 하지만 실행도 제대로 된 것을 해야지 쓸데없는 일, 부작용을 일으키는 일은 하지 말아야 한다.

실행하지 못할 설익은 아이디어를 불쑥 내놓는 것은 구성원들을 기만하는 행위다. 일방적으로 발표해 버리고 나중에 실행되지 않으면 아이디어 차원에서 내놓은 것이라고 얼버무리는 것은 있을 수 없는 일이며 해서도 안 되는 일이다. 그 과정에서 수많은 구성원들이 그 아이디어가 실행될 것이라고 믿고 행동에 나서면 큰 낭패를 보게 되는 것이다.

리더는 업무를 올바르게 챙겨야 한다. 리더의 의사결정 하나하나가 조직의 미래와 구성원들의 삶에 얼마나 큰 영향력을 미친다는 사실을 인식하고 신중하게 의사결정을 해야 한다.

아랫사람들의 말에 휘둘려서는 안 된다. 측근의 미사여구와 때로는 통계를 동원한 교묘한 논리를 내세우는 것에 동의

하여 실제 상황과는 동떨어진 결정을 해서는 안 된다.

자리에 앉아서 보고를 받을 것이 아니라 때로는 현장에서 직접 상황을 파악하여 의사결정을 하고 실행에 옮겨야 한다.

애초에 실행할 수 없는 일을 구성원들과 약속하지 말아야 한다. 하지만 막상 실행하려고 하면 여러 가지 상황 변화가 있을 수 있다. 그런 때에는 충분히 의사소통을 통하여 구성원을 납득시켜야 한다.

장기적인 관점에서 조직 발전과 구성원을 위한 일은 소신을 가지고 반대나 비난이 있더라도 실행에 옮겨야 한다.

원칙을 지키는 리더

원칙이 신뢰를 만든다

원칙이 없으면 신뢰도 없다.

사회학자인 제임스 콜먼은 신뢰야말로 곧 사회적 자본이라고 했다. 동유럽의 사회주의 붕괴를 지적한 논문 〈역사적 종언〉을 쓴 미래정치학자 프랜시스 후쿠야마 역시 한 사회의 경쟁력은 결국 신뢰가 결정한다고 말했다.

우리는 이제 저(低)신뢰 사회에서 고(高)신뢰 사회로 나아가야 한다. 고신뢰가 고부가가치를 낳고 한 단계 높은 비전과 원칙을 창출한다. 원칙을 바로 세워야 하는 것도 이 때문이다.

리더의 리더십 확보에는 원칙이 매우 중요하다. 원칙을 바로 세워야 한다. 하지만 원칙이 융통성을 발휘하지 않는 독선이나 아집이 되어서는 안 된다. 원칙을 분명히 해야 하지만 누구나 들어왔다 나갈 수 있도록 빗장을 열어둘 필요가 있다.

무엇보다 원칙이 잘못되었다고 판단될 경우에는 더 이상 아집을 부리지 말고 즉각 원칙을 바꾸어야 한다. 하지만 변화하는 상황에 융통성을 발휘해야겠지만 원칙이 오락가락 해서는 안 된다.

리더 자신이 정한 것이 원칙이고, 그 원칙을 적용하면 자신에게 불리한 상황이 왔을 때 융통성이란 이름으로 변칙을 해서는 안 된다. 원칙이 있어야 구성원들에게 신뢰감을 줄 수 있다. 원칙 중에 최고의 원칙은 조직 발전과 구성원의 편안한 삶에 도움이 되느냐이다.

원칙을 가지고 조직을 이끌어야 구성원들로부터 신뢰를 얻는다. 조그마한 구멍가게를 운영해도 원칙을 가지고 하는데 하물며 조직을 이끄는데 있어서는 두말할 나위가 없다.

원칙을 지키기 위해서는 용기가 필요하다. 더구나 상황이 어려울 때 원칙을 지키는 것은 상당한 용기가 필요하다. 상황이 어렵다고 원칙에서 벗어난다면 그것은 진정한 원칙이 아니다.

원칙은 지켜져야 하는 것이 기본이다. 하지만 구성원들이 공감하는 상황 변화에서는 그 원칙을 새로운 원칙으로 바꾸는 용기도 필요하다.

결단력 있는 리더

생각의 속도를 다투는 시대

지금 시대는 생각의 속도까지 다툰다. 21세기는 결단력이 있는 한 사람의 리더를 원하고 있다는 말이 회자되는 것도 이런 이유에서다.

리더는 결단력을 요구당하는 사람이다. 리더 앞에는 자주 결단의 순간이 기다리고 있다. 시의적절한 결단력은 조직의 운명을 결정짓는 중요한 요소가 아닐 수 없다. 위기 상황에서 시의적절한 결단력은 리더의 자질에 있어서 중요한 요소이다.

리더가 매우 분석적이고 차분한 성격이라 하더라도 리더의 결정은 최종 확신 이전에 끝내야 한다. 리더가 결단해야 할 순간은 충분한 자료와 정보가 주어져 모든 것이 완벽하게 판단된 상태가 아니다. 이미 그 상황이면 늦은 타이밍이다. 기껏해야 80~85%의 정보가 주어지는 상황에서 리더는 자신의 지혜와 직관으로 결단해야 한다. 결단해야 할 순간에 결단하지 않으면 상황은 더 악화된다.

결단을 해야 할 순간에 충분한 시간, 자료, 정보가 주어지지 않는 것이 대부분이다. 그렇기 때문에 의사결정이 아니라 결단인 것이다. 불충분한 정보를 가지고 리더는 이를 바탕으로 결단해야 한다.

조금 불완전하더라도 신속하게 결단하는 것이 완벽을 기다리면서 늦게 결단하는 것보다 나은 경우가 많다. 과단성 있는 신속한 결단이 조직의 운명을 좌우할 수 있기 때문이다.

종합적 사고로 결단하라

결단력이 없는 경험은 단순한 연륜에 불과하다. 긍정적 사고방식과 자신감만 가지고 상황을 방치해서는 안 된다. 문제해결을 위해서는 결단력을 발휘하면서 제대로 된 일을 해야 한다.

올바른 결단을 위해서는 상황을 종합적으로 파악하는 능력이 요구된다. 이를 위해선 흑백논리를 경계하면서 항상 열린 마음으로 조직 내부와 외부의 의견을 폭넓게 들을 수 있는 통로(communication pipeline)를 확보해야 한다. 이 통로를 막아 놓거나, 여기에서 나오는 의견을 무시하고, 아부하는 사람의 의견을 채택하거나 자신만 옳다고 생각하는 독단은 잘못된 판단을 내리고 신뢰를 잃게 되어 성공한 리더가 될 수 없으며 제대로 된 결단을 할 수도 없다.

여기에다 의사결정의 투명성도 갖춰야 하며 아울러 상황에 따른 적응능력(adaptability)도 필요하다.

위기관리 능력을 가진 리더

위기는 회피의 대상이 아니다

리더에게 피할 수 없는 사건은 되풀이되는 위기이다

-피터 드러커-

위기는 초대하지 않아도 언제든 찾아온다. 좁은 샛길에서 갑자기 튀어나오는 트럭처럼, 위기는 아무런 경고나 준비할 기회도 주지 않고 나타난다. 그리고 바로 그 순간 리더의 능력이 나타나는 것이다.

복잡다단한 업무를 수행하는 리더에게 있어서 위기는 피할 수 없고 수시로 되풀이된다. 리더십 발휘는 계속되는 위기를 어떻게 돌파하느냐의 과정이다.

훌륭한 리더는 위기에 강하며 위기를 돌파하는 사람이다. 위기에 직면했을 때 흔들리지 않고 최선을 다하는 사람이다.

조직이 위기에 직면했을 때 구성원이 혼란스러운 상황을 탈출하기 위해 신뢰할 수 있는 존재가 바로 리더이다. 구성원들은 이를 타개할 리더의 능력 발휘를 고대한다. 그러므로 리더에게 있어서 수시로 닥쳐오는 크고 작은 위기는 회피 대상이 아니라 능력을 발휘할 기회로 여겨야 한다.

유능한 리더는 위기에 강하다. 위기에 효과적으로 대응할 수 있는 능력이야말로 리더가 반드시 갖춰야 할 요건이다. 위기에서 자기 능력을 드러내는 것이야말로 진정한 리더이다. 어떤 일이 일어나더라도 정신적으로 준비하고 침착성과 자제력을 유지할 것을 결심하는 것이 중요하다. 그러고 나면 위기가 발생했을 때 최선의 반응을 보일 수 있을 것이다.

위기가 닥쳤을 때 사태를 더 복잡하게 만드는 사람은 아마추어에 불과하다. 진정한 리더십은 복잡한 문제를 단순명료하게 풀어내는 힘에서 발휘되기 때문이다.

위기관리는 위기가 왔을 때 대처하는 것도 중요하지만 위기가 오기 전에 오지 않도록 미리 대비하고 위기가 왔을 때 어떻게 할 것인지를 준비하는 것이 중요하다.

위기가 왔음에도 위기인 줄 모르거나 모른 체하는 것은 큰 문제다. 또 위기상황에서 일관성 없는 결정으로 위기를 조장하는 것은 더욱 문제다.

위기가 왔을 때 돌아볼 것이 아니라 편안할 때 늘 돌아봐야 한다. 그래서 매사에 긴장하고 더 부지런히 일한다면, 위기가 오더라도 대처할 수 있을 것이다. 리더로 산다는 것이 이처럼 결코 간단치가 않다

위기에서의 긍정적 사고

리더는 위기에서 한층 더 긍정적인 사고를 하고, 이를 통해 조직의 구성원들에게 희망을 심어주어야 한다. 리더의 가장 중요한 역할 중 하나는 자신의 시각을 통해 현실을 해석하는 일이다.

힘든 상황이 닥쳐도 리더는 긍정적인 시각으로 이를 바라보고 대처해 나가야만 한다. 동시에 리더는 자신의 긍정적인

시각을 구성원 전체와 공유할 수 있도록 의사소통에 적극 힘써야 한다.

리더의 긍정적 사고방식은 조직 구성원에게 자신감을 심어준다. 이를 심리학에서는 '피그말리온 효과(Pygmalion Effect)'라고 한다. 리더가 주위 사람들에게 긍정적인 이야기를 통해 그들에 대한 높은 기대감을 지속적으로 표현하면 사람들은 리더가 기대하는 대로 행동하고 좋은 결과를 낼 수 있다는 이론이다.

긍정적 사고를 지닌 리더들은 위기가 와도 이를 순간적이고 지엽적이며 극복 가능한 일로 생각한다. 반면 비관적 사고를 가진 리더는 이를 영속적이고 광범위하며 자신의 능력으로 해결하기 힘든 일로 받아들인다. 동일한 현실이지만 이에 대한 반응이 결국 결과를 좌우한다.

훌륭한 리더는 '위기 예측'을 연습한다. 끊임없이 미래에 대해 생각하면서 다양한 경우의 최악의 상황을 상정해 보고 그런 일이 일어나지 않도록 하기 위해서는 무엇을 해야 할 것인지를 고민한다.

자신감을 가진 리더

자신의 능력을 믿어라

자신감이란 자신의 이상과 능력에 대해 확신을 갖는 것을 말하며, 이것은 성공적인 리더십을 행사한 리더들에게서 두드러지는 자질이다. 자신감은 의사결정을 해야 할 때 다른 사람의 신뢰를 얻는데서 매우 중요한 역할을 할 뿐만 아니라 다른 사람들이 스스로에 대해서 신뢰감을 가질 수 있도록 고무시키는 데 있어서도 매우 효과적이다.

힘든 상황에 처해서 당황하고 자기 불신의 늪에서 허덕이는 사람들은 그 상황에서 진정으로 필요한 행동을 취할 수 없으며 다른 사람들의 존경을 받을 수도 없다.

리더가 자신의 능력에 대해 확신을 가지지 않으면서 어떻게 구성원들에게 자신감을 불어넣을 수 있겠는가? 리더가 자신감을 보이면서 의사결정을 해야 구성원들이 동의할 것이다. 자신감이 있어야 진정으로 필요한 행동을 취해 구성원들의 존경을 받을 수 있다.

자신감을 가지고 앞장서서 전력투구하는 모습을 보여야 한다. 자신감과 관련하여 감정적인 안정이 중요하다. 감정적 안정을 통한 강한 정신력은 리더가 소유해야 할 자질이다.

리더는 힘든 상황에서 구성원들을 안심시켜야 한다. 자신의 감정적인 안정을 취한 후 구성원들을 동요하지 않고 안심시켜 일상 업무와 일상생활에 충실할 수 있도록 해야 한다. 리더는 힘든 상황에서도 위축되지 말고 자신감을 가져야 한다. 그렇다고 해서 허세를 부려서도 안 된다.

감정적인 안정

자신감과 관련된 중요한 측면으로는 감정적인 안정을 들 수 있다. 감정적인 안정은 리더가 속한 조직에 좋지 않은 일이 생기거나, 좋지 않은 환경이 돌발할 때도 감정적으로 동요하지 않도록 조직 구성원들을 안심시키고 그들이 자신의 과업을 충실히 수행할 수 있도록 도와준다.

조직이 위기에 처해 있을 때 벌벌 떠는 리더는 그 순간 리더가 아니라 도움이 필요한 가련한 약자가 되고 마는 것이다. 이러한 리더에게 조직 구성원들이 무엇을 기대하겠는가? 감정적인 안정은 특히 사람들 간의 갈등이나 조직 간의 갈등을 관리하는데 매우 중요하다.

자신의 감정을 제대로 조절하지 못하는 리더는 훌륭한 팀워크를 이룰 수 없다. 감정적인 안정을 취하라고 해서 무조건 감정을 드러내지 말라는 것은 아니다. 화를 내야 하는 상황, 크게 웃어야 하는 상황에서도 자신의 감정을 표현하는 것이 조직에게 미칠 수 있는 영향에 대해서 생각해 볼 수 있는 차분함과 날카로운 예지를 지니는 것이 필요하다.

훌륭한 리더가 되기 위해서 자신이 이끌고 있는 사람들을 위해 무엇을 해야 하고, 무엇을 할 수 있는지에 대하여 분명하고 정확한 비전을 갖는 것이 리더십의 핵심이라면, 감정적 안정 혹은 강한 정신력은 모든 리더가 소유해야 하는 일종의

질적 요소일 것이다.

정신적 강인함이 결여된 비전은 그저 괜찮은 아이디어일 뿐 그 이상으로 나아가지는 못한다.

용인(用人)을 잘 하는 리더

인사가 만사다

조직을 다스리는데 있어서 모든 것은 사람이다. 조직을 다스리는 것은 사람을 쓰는 것에 달려있고, 사람을 쓰는 것은 면밀한 관찰에 달려있다.

인재를 찾는 것이 리더의 제일가는 고충이다. 사사로이 사람을 쓰면 조직을 다스릴 수 없고, 공평하게 사람을 쓰면 구성원의 마음을 얻는다. 리더에게는 첫째도 둘째도 사람이다.

사람들 통해서 성과를 내는 게 리더십이다. 리더는 구성원들로 하여금 일을 하게하고 그것으로 평가받기 때문에 사람을 어떻게 쓰느냐 하는 용인술은 대단히 중요하다.

구성원의 업무 처리 하나가 조직 발전에 미치는 영향이 매우 클 수 있으므로 온정주의에 이끌려 중용해서는 안 된다. 최소한 속이지 않는 사람, 아집을 부리지 않는 사람을 중용해야 한다. 능력 없는 것이 드러났고, 잘못된 일을 저질렀음에도 '인사실패'를 인정하기 싫어서 오기를 발동하여 그대로 두어서는 안 된다.

리더는 구성원을 수시로 평가해야 한다. '측정은 공정하게, 평가는 냉혹하게' 하여 신상필벌(信賞必罰)해야 한다. 인사가 '만사(萬事)'가 되어야지 '망사(亡事)'가 되어서는 안 된다.

고양이는 고양이가 할 일을 하고, 오리는 오리가 할 일을 하며, 독수리는 독수리가 해야 할 일을 해야 한다. 오리를 데려다가 독수리의 역할을 하라고 요구하면, 전적으로 리더의 잘못이다. 리더의 역할은 오리를 더 나은 오리로, 독수리를 더 나은 독수리로 향상시키는 것이다. 요컨대 팀원들을 적재적소에 배치해 모두가 잠재능력까지 발휘할 수 있도록 돕는 것이 리더의 역할이다. -존 맥스웰-

적재적소와 관련하여 '오리를 독수리 학교에 보내지 말라'는 비유가 있다. 오리는 오리가 할 일을 하며, 독수리는 독수리가 해야 할 일을 해야 한다. 오리에게 독수리처럼 하늘 높이 날아가 사냥하라고 해서는 안 되고, 독수리에게 헤엄을 치라고 해서도 안 된다.

용인에 있어서 사사로운 인연이나 감정을 배제하고 '청렴과 능력'이라는 합리적 기준을 가지고 적재적소에 중용해야 한다.

마음을 얻어라

사람의 시간은 돈을 주고 살 수 있다. 돈을 주면 주어진 장소에 사람을 배치할 수도 있다. 시간당 임금을 주고 숙련된 근육노동을 살 수도 있다. 그러나 열정을 살 수는 없다. 충성심도 살 수 없다. 헌신적인 마음과 정신과 영혼은 돈을 주고도 살 수 없다. 그런 열정과 충성심은 얻어야만 하는 것이다.
-클라렌스 프랜시스, 제너럴 푸즈 CEO-

리더는 조직을 관리하는데 있어서 최우선적으로 구성원의 마음을 얻어야 한다. 마음은 돈으로 살수 없다. 자신이 아닌 구성원의 이익을 최우선 하는 리더, 섬김을 받기 보다는 먼저 섬기고 봉사하는 리더, 시키기 전에 행동으로 모범을 보이는 리더에게 구성원은 무한한 존경과 신뢰를 보낸다. 충성심은 구성원에게 신뢰를 얻은 리더에게 보상으로 주어지는 것이다.

'임파워먼트(empowerment)'란 '기(氣)를 불어넣는 것'을 의미한다. 구성원들에게 격려나 동기부여를 통해 힘을 실어줄 때, 그들은 자신들이 달성해야 할 목표를 위해 더욱 노력하게 된다.

훌륭한 리더는 구성원들이 무엇을 해야 하는지, 가장 먼저 해야 할 일이 무엇인지 그리고 실행의 표준이 무엇인지를 명확하게 알도록 하는 데 중점을 둔다. 모든 사람이 자신의 업무를 알고 이해하는 것, 이것이 임파워먼트의 실질적 핵심이다.

구성원들은 자신이 일을 잘했을 때 '사람들에게 알려지는 것'을 통해서 자부심과 자신감을 더욱 확고히 한다. 유능한 리더는 구성원들이 스스로에 대해 더 좋은 느낌을 가질 만한 방법을 끊임없이 찾는다. 그들은 지속적으로 칭찬하고 격려하며 긍정적인 행동에 보상을 한다.

일방적 강압, 통제 리더십이 아니라 구성원들이 자발적으로 일하게 하는 코칭 리더십이 필요하다. 중요한 것은 명령을 내리는 것이 아니라, 구성원들이 행동하게 만들어 원하는 결과를 얻는 것이다. 정답을 제시하는 것이 아닌, '왜?', 혹은 '이렇게 하면 어떨까?'와 같은 질문을 통해 사람들이 스스로 생각하고, 발견한 나름의 답에 따라 행동하도록 유도하는 것이 한 차원 높은 리더십의 모습이다.

리더가 구성원들의 재능을 일깨우기 위해서는 리더십을 곳곳에 분산하는 것이 필요하다. 모든 결정을 혼자서 할 수 없으며 사소한 문제에 깊이 관여할 수도 없다. 아랫사람을 믿고 합리적으로 권한을 위임하고 자신은 방향을 잡아 전체적인 전략을 세우고 구체화하고 의견을 조율하는 전략적 리더가 되어야 한다.

겸손하게 섬겨라

의심스러운 것은 아랫사람에게 묻는 것을 부끄러워하지 말고, 그 일의 처음과 끝을 분명히 안 뒤에 서명하라. 어리석은 사람일수록 일을 잘 아는 체하고, 아랫사람에게 묻기를 싫어하여 의심스러운 것을 어물쩍 그냥 덮어 둔 채 있다가 부하들의 술수에 빠지는 수가 많다. -정약용《목민심서》에서-

리더 자리에 있으며 겸손해지기가 쉽지 않다. 겸양의 자세야말로 끝없는 자기 성찰을 통한 내면의 성숙으로 얻을 수 있는 삶의 지혜이다.

리더가 잘못했을 때에는 자신의 잘못을 인정하고 진심으로 사과한다면 구성원들은 닫힌 마음을 열고 진정으로 리더를 따르게 될 것이다.

열린 마음을 가지고 구성원들의 목소리를 경청하고 늘 배우려는 자세로 임해야 한다. 훌륭한 리더는 구성원을 인격체로 대하면서 이해심을 표현하고 개인적인 삶에도 관심을 갖는다. 구성원이 대화하기를 원할 때 끈기 있게 들어주며 고민하고 있을 때는 위로해 준다. 리더는 구성원들을 특별하고 소중한 사람으로 대해야 한다.

리더는 구성원을 가슴에 품으면서 사랑하고 섬겨야 한다. 그래야 신명을 바쳐 조직 발전에 기여할 것이다. 그러기 위해서는 리더가 먼저 구성원들을 섬기고, 힘을 불어넣어 그들로 하여금 최선의 능력을 발휘하게 해야 한다.

구성원이 감동하지 않으면 획기적인 아이디어가 나올 리 없으며 최선을 다해 일하지 않을 것이다. 조직의 발전을 위해 최상의 능력을 끌어내려면 구성원을 감동시켜야 한다. 먼저 구성원들이 자신이 몸담고 있는 조직을 위해 중요한 일을 하고 있다는 존재로 느끼게 하는 것이 중요하다.

리더는 구성원에게 "바로 여러분이 조직을 이끌어가는 인재입니다. 바로 여러분이 중심이 되어 조직 발전을 이루어야 합니다"라고 끊임없이 말하면서 사명감을 심어주고 사기를 높여야 한다. 그래야 동기부여가 되어 사명감과 책임의식을 가지고 신명을 다해 일하게 되는 것이다.

맡겼다면 믿어라

리더는 조직의 큰 방향을 제시하고 훌륭한 인재를 적재적소에 기용하여 업무를 수행하게 해야 한다. 조직은 리더 혼자서 이끌어가는 것이 아니다.

구성원들로부터 신뢰를 받기에 앞서 신뢰를 하는 태도가 필요하다. 아랫사람을 믿고 합리적으로 권한을 위임하는 등의 태도가 그것이다. 리더는 구성원들에게 항상 명예롭게 대하며, 일을 맡겼다면 믿는 배려를 베풀어야 한다.

구성원들이 일을 추진하는 과정에서 어쩔 수 없는 실수에 대해서는 관용을 베푸는데 인색하지 말아야 한다. 청렴하고 능력 있는 구성원들에게 이와 같은 행동과 마음으로 대한다면 열정을 바치지 않을 사람이 어디에 있겠는가?

에필로그

시련에서 건진 겸손과 감사

나는 힘든 시련의 과정 속에서 많은 것을 깨달았다. 오늘날의 내 존재가 얼마나 많은 사람들의 은혜에 기초하고 있는지, 내 자신이 얼마나 부족한지, 감사해야 할 사람들과 감사해야 할 일들이 얼마나 많은지, 내가 얼마나 더 겸손해야 하는지를 깨달았다.

시련이 닥쳤을 때 억울한 마음으로 울어도 울부짖어도 소용없고 때로는 죽고 싶은 심정이 들기도 했지만 한편으로 나에게 겸손과 감사를 깨닫게 하고 가르치기 위해 시련을 안겼다는 생각이 들기도 했다.

그러던 중에 감옥에 영치되는 시집을 읽으며 마음을 다스렸다. 그 중에서 류시화 시인이 엮은 《지금 알고 있는 걸 그때도 알았더라면》 시집에 나오는 작자 미상의 시 〈다섯 연으로 된 짧은 자서전〉이라는 시가 마음에 와 닿았다.

〈다섯 연으로 된 짧은 자서전〉

1.

난 길을 걷고 있었다.

길 한가운데 깊은 구멍이 있었다.

난 그곳에 빠졌다.

난 어떻게 할 수가 없었다. 그건 내 잘못이 아니었다.

그 구멍에서 빠져 나오는 데, 오랜 시간이 걸렸다.

2.

난 길을 걷고 있었다.

길 한가운데 깊은 구멍이 있었다.

난 그걸 못 본 체했다. 난 다시 그곳에 빠졌다.

똑같은 장소에 또 다시 빠진 것이 믿어지지 않았다.

하지만 그건 내 잘못이 아니었다.

그곳에서 빠져 나오는 데, 또다시 오랜 시간이 걸렸다.

3.

난 길을 걷고 있었다.

길 한가운데 깊은 구멍이 있었다.

난 미리 알아차렸지만 또다시 그곳에 빠졌다.

그건 이제 하나의 습관이 되었다.

난 비로소 눈을 떴다. 난 내가 어디 있는지를 알았다.

그건 내 잘못이었다.

난 얼른 그곳에서 나왔다.

4.

내가 길을 걷고 있는데

길 한가운데 깊은 구멍이 있었다.

난 그 둘레로 돌아서 지나갔다.

5.

난 이제 다른 길로 가고 있다.

나는 지금까지 강인한 의지로 버티고 견뎌나가다 보니 흘렸던 눈물은 아름다운 무지개로 바뀌고 이제 새로운 길을 향해 달려가고 있다.

시간이 지나면
사진은 빛을 바랠지언정
진실은 신선하게 빛을 발한다